鲁迅书衣录

LUXUN
SHUYILU

刘运峰
编著

九州出版社
JIUZHOUPRESS

图书在版编目（CIP）数据

鲁迅书衣录 / 刘运峰编著. -- 北京 : 九州出版社,
2021.8
　　ISBN 978-7-5225-0407-0

　　Ⅰ．①鲁… Ⅱ．①刘… Ⅲ．①鲁迅著作—版本—图录
Ⅳ．①I210.97-64

中国版本图书馆CIP数据核字(2021)第161997号

鲁迅书衣录

编　　著	刘运峰
策划编辑	李黎明
责任编辑	张皖莉　李黎明
出版发行	九州出版社
地　　址	北京市西城区阜外大街甲 35 号（100037）
发行电话	(010)68992190/3/5/6
网　　址	www.jiuzhoupress.com
印　　刷	北京捷迅佳彩印刷有限公司
开　　本	880 毫米×1230 毫米　32 开
印　　张	10
字　　数	200 千字
版　　次	2021 年 9 月第 1 版
印　　次	2021 年 9 月第 1 次印刷
书　　号	ISBN 978-7-5225-0407-0
定　　价	118.00 元

魯迅先生的封面題字：

壁下譯叢　魯迅：
上海北新書局印行
一九二九·

野草　魯迅著

中國小說史略　魯迅

集益社
WUSIN

（一）貓頭鷹二角三天四角五角
實賣一九〇七二二五
（二）
（三）
（四）
（五）

小約翰

小彼得　朝花

魯迅題簽

家璧先生：

沒来信封寄《家庭》書一本，謝。

此说雲书一部，平装书已订成，布面些订青，高须

進数天，一径订好，当奇上。当序六译自德文本，亟当

於新，倒是別景於有趣。

来信说，要印花二千。如先出一平装，送北每种二千，

希先示知。

为此布達，即请

撰安。王粘窝

接近一个伟大、不朽的灵魂

（代序）

　　1932 年 4 月 29 日，鲁迅先生在编完《三闲集》之后，特意编了一份《鲁迅译著书目》，在附言中说："我所译著的书，景宋曾经给我开过一个目录，载在《关于鲁迅及其著作》里，但是并不完全的。这回因为开手编集杂感，打开了装着和我有关的书籍的书箱，就顺便另抄了一张书目，如上。"在这份书目中，翻译和创作部分始自 1921 年的《工人绥惠略夫》，截至 1931 年的《毁灭》。除了胪列译著书目，鲁迅还特意注明"译著之外，又有"所校勘者，所纂辑者，所编辑者，所选定、校字者，所校订、校字者，所校订者，所印行者。由此看来，鲁迅是将除了创作、翻译之外的所有与编辑出版相关的活动都作为自己的事业的。这也恰如他自己所说："据书目察核起来，我在过去的近十年中，费去的力气实在也并不少，即使校对别人的译著，也真是一个字一个字的看下去，决不肯随便放过，敷衍作者和读者的，并且毫不怀着有所利用的意思。虽说做这些事，原因在于'有闲'，但我那时却每日必须将八小时为生活而出卖，用在译作和校对上的，全是此外的工夫，常常整天没有休息。"

　　这些书目加在一起，有 62 种之多。

但是，这些书目只截至 1931 年，并非鲁迅译著的全部。在鲁迅逝世之后，许广平编制了《鲁迅译著书目续编》，收入自 1932 年至 1936 年间书目 60 种，附在 1938 年版《鲁迅全集》之后。1952 年，唐弢在编辑《鲁迅全集补遗续编》时，将两个书目进行合并和增补，编制了《重订鲁迅著译书目》。这份书目分为著译部分，编录校勘部分，编辑部分，编校印行部分，选订编定部分，所选定、校字者，所校订、校字者，所校字者，所校订者，共计 148 种。从这些书目中，透露出鲁迅先生勤奋、刻苦、认真、严肃、坚韧的形象。

将鲁迅先生生前所著译或编校的图书以及由他人编校的鲁迅先生著作的书影汇为一编，是一件切实而必要的事情。因为，通过这些书影，我们可以看到鲁迅先生终日乃至终生劳作的身影。

早年的鲁迅，也曾怀有科学救国的理想，在日本时期，他和同学顾琅一起编纂《中国矿产志》，翻译外国的科学著作和科学小说。回国谋生期间，他曾担任化学和生理学教员，编写过《化学讲义》和《人生象教》。在北洋政府教育部期间，他不满于黑暗的社会现实而又无可奈何，于是便躲进会馆里抄录古碑、校勘古籍、整理碑刻画像，与古人对话。投身新文化运动之后，他以笔为武器，创作了大量的小说、散文、杂感，对旧思想、旧文化、旧道德进行无情的揭露和批判。同时，他创办杂志、成立社团，积极扶植新生的文学力量。为了青年作者的成长，他亲自校阅稿件，联系印厂，撰写广告，垫付印费，柔石、萧红、萧军、叶紫……这些在中国现代文学史上闪闪发光的名字，都和鲁迅有着直接的关系。假如没有鲁迅的无私帮助和倾力提携，这些在困境中跋涉的青年就很可能沉沦、萎靡，最终被黑暗的社会所吞噬。

鲁迅不仅是文学家、编辑家、出版家，还是目光深邃、见解独到的美术家，他虽然不直接从事美术创作，但却为青年美术家们提供了大量的精神食粮。他亲自动手，编印了包括《艺苑朝华》《引玉集》《梅斐尔德木刻士敏土之图》《凯绥·珂勒惠支版画选集》等在内的十余种外国版画作品，和郑振铎一起编辑了《北平笺谱》，覆刻了《十竹斋笺谱》，为中国特有的木版水印艺术留下了一份宝贵而难以再现的记录。

对于传统文化中的糟粕，鲁迅深恶痛绝，进行了无情的揭露，但他从来不排斥传统文化中的精华，古代碑拓中的艺术价值，古代典籍中的文化内涵，都是鲁迅所汲取、传承、弘扬的内容。

透过这些书衣，可以看到一位多维、立体的鲁迅。创作、翻译、学术、美术、辑校、序跋、书话、手稿、讲演，无论从哪一个方面切入，都可以找到鲁迅先生的身影。他虽然仅在人世间存活了55年，但他的业绩，却超过了同时代很多的人，他的影响，也远在他的同时代人之上。从这些书衣中，可以体味鲁迅先生所倡导的坚持"韧的战斗"的精神，他在"荒淫与无耻"的包围中，从事着"严肃的工作"；他"谣言不辩，诬蔑不洗"，一心一意地做着自己的事情；他把别人喝咖啡、打麻将的时间用来读书、写作、翻译和校对，"吃的是草，挤出的是牛奶，血。"正因为如此，才成就了万代景仰、千古流芳的伟业。从这些书衣中，会让人深切体会到，鲁迅才是真正的学者，真正的大师，真正的泰斗，尽管，这些称号，鲁迅在生前一个也不接受。

现在，就让我们透过这些书衣，去接近一个伟大、不朽的灵魂。

刘运峰

2021年8月5日，南开大学

目　录

著作之部

翻译之部

辑校之部

艺术之部

序跋之部

汇编之部

手稿之部

著田之部

民國

沙灒

中國鑛産志

附中國鑛産全圖

江甯顧　琅
曾稽周樹人　合纂

中国矿产志

署江宁顾琅、会稽周树人合纂

清光绪三十二年（1906）四月十一（农历）由日本东京并木活版所初版，上海普及书局、南京启新书局、日本东京留学生会馆发行。大 32 开本，平装。

这是鲁迅与顾琅共同编纂的第一部记述中国地质状况和矿产资源的著作。1898 年，17 岁的鲁迅在家道中落"由小康坠入困顿"之后，只身到南京求学，最初进入江南水师学堂，不久转入江南陆师学堂附设的矿务铁路学堂。在此期间，他系统学习了有关地质矿产的知识。1902 年，鲁迅作为清政府选派的公费留学生前往日本，按照规定，他应该在经过弘文学院的日语补习之后，升入东京帝国大学工科所属的采矿冶金科学习。但是，他的兴趣并不在此，而是选择了医学，后又弃医从文。

在留学初期，鲁迅有感于清政府出卖主权、帝国主义列强掠夺我矿产资源的种种事件，先是写了《中国地质略论》的长文，又和同学顾琅合作编纂了《中国矿产志》。

该书由马良（相伯）作序，被清政府学部列为"国民必读"并三次再版。

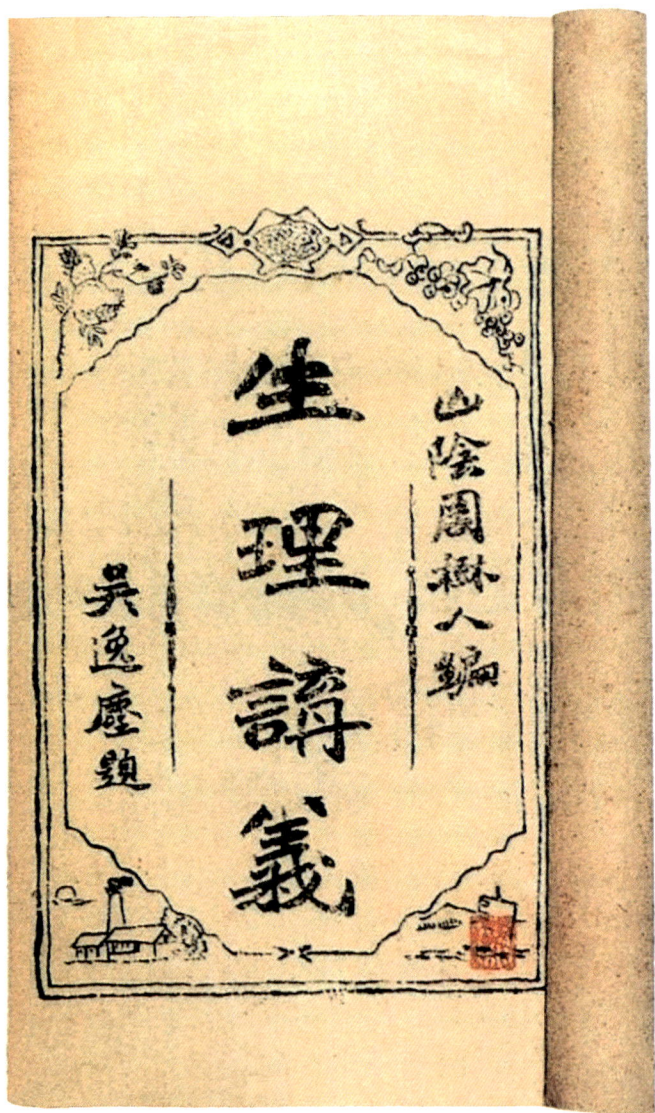

生理讲义

山阴周树人编

吴逸廛题

生理讲义

署山阴周树人编

又作《人生象教》，24 开线装本。

该书为鲁迅 1909 年任浙江两级师范学堂初级化学和优级生理学教员期间编写的生理学讲义，包括绪论、总论、本论和结论三部分。其中总论包括人体之构造、人体之成分，本论包括运动系、皮、消化系、循环系及淋巴管、呼吸系、泌尿系、五官系、神经系、生殖系，结论包括体温、代谢、通言摄卫，附录为《生理实验术要略》。

该书原为油印本，吴逸尘题签。《生理实验术要略》经鲁迅修订后，曾发表于 1914 年 10 月 14 日杭州《教育周报》。

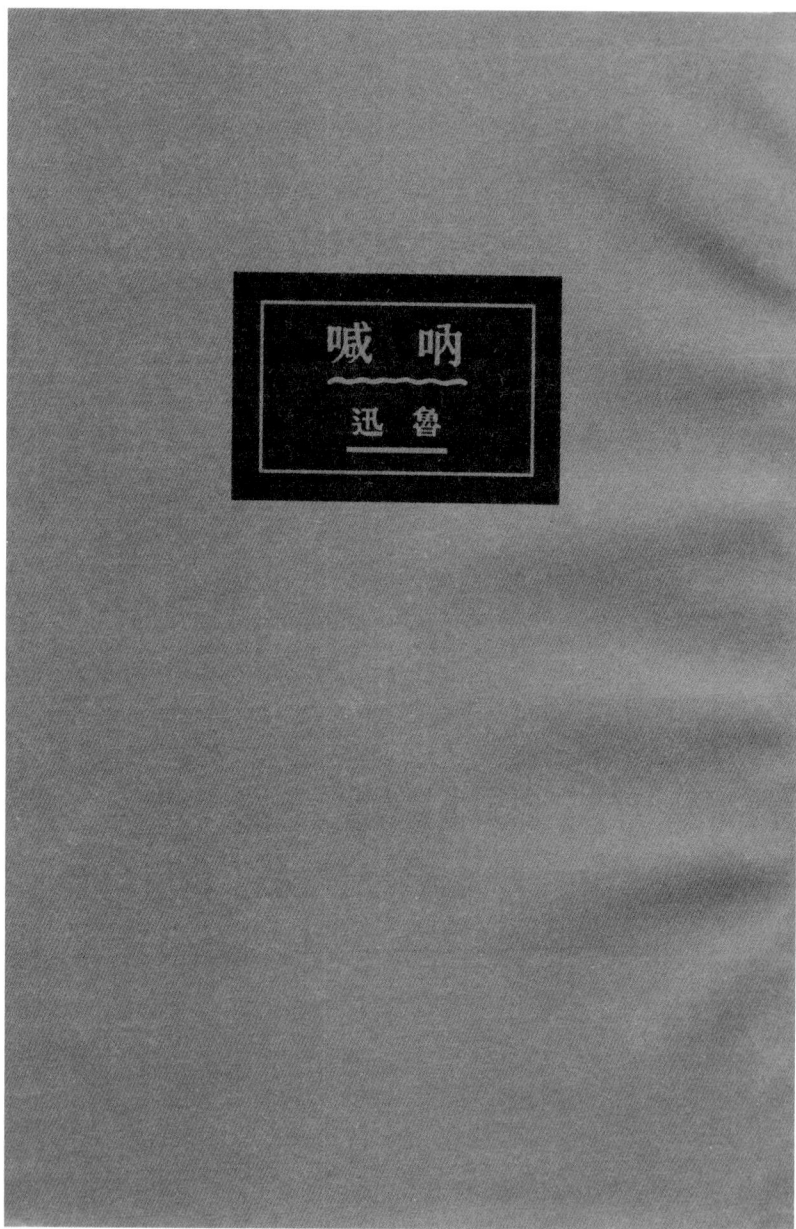

呐喊

署名鲁迅

北京大学新潮社 1923 年 8 月初版，为"文艺丛书"之一；1924 年 5 月列入"乌合丛书"，改由北新书局出版。大 32 开毛边本，平装。

这是鲁迅的第一部以现代题材为主的小说集，收入作于 1918 年至 1922 年间的《狂人日记》《孔乙己》《药》《阿 Q 正传》等 15 篇。在该书的自序中，鲁迅写道："所谓回忆者，虽说可以使人欢欣，有时也不免使人寂寞，使精神的丝缕还牵着已逝的寂寞的时光，又有什么意味呢，而我偏苦于不能全忘却，这不能全忘的一部分，到现在便成了《呐喊》的来由。"

该书的封面是鲁迅自己设计的。背景为深红色，黑色的方框如同一个铁窗子，中间是宋体的"呐喊"二字，仿佛是一个觉醒者透过铁窗子向黑暗的社会发出呐喊之声。这也使人想起鲁迅在该书的自序中所引述的与金心异（钱玄同）的对话："假如一间铁屋子，是绝无窗户而万难破毁的，里面有许多熟睡的人们，不久都要闷死了，然而是从昏睡入死灭，并不感到就死的悲哀。现在你大嚷起来，惊起了较为清醒的几个人，使这不幸的少数者来受无可挽救的临终的苦楚，你倒以为对得起他们么？""然而几个人既然起来，你不能说决没有毁坏这铁屋的希望。"

中國小說史略 鲁迅

中国小说史略

署名鲁迅

北京大学新潮社分别于 1923 年 12 月和 1924 年 6 月出版上、下册，1925 年 9 月由北新书局出版合订本，1931 年 7 月出版订正本。32 开本，平装。

该书是鲁迅的第一部文学史论著作，原为在北京大学授课时的讲义，后经修订增补而成为一部专门的著作。正如鲁迅在初版序言中所说："中国之小说自来无史；有之，则先见于外国人所作之中国文学史中，而后中国人所作者中亦有之，然其量皆不及全书之什一，故于小说仍不详。"全书分为 28 篇，论述了从神话传说到清末谴责小说的发展脉络，资料丰富，评论深刻。该书堪称中国小说史研究领域的开山之作，也奠定了鲁迅在中国古代文学研究不可撼动的学术地位。

该书封面为白底黑字，不做任何装饰，书名由鲁迅亲笔题写。

热风

鲁迅

热风

署名鲁迅

北京北新书局 1925 年 11 月初版，32 开毛边本，平装。

这是鲁迅的第一本杂文集，收录 1918 年至 1922 年所作杂文 41 篇。这些杂文，大多发表于《新青年》的"随感录"和《晨报副刊》，反映了鲁迅在新文化运动中的立场和观点。鲁迅写作这些文章的初衷，正如他在该书《题记》中所说："除几条泛论之外，有的是对于扶乩，静坐，打拳而发的；有的是对于所谓'保存国粹'而发的；有的是对于那时旧官僚的以经验自豪而发的；有的是对于上海《时报》的讽刺画而发的。记得当时的《新青年》是正在四面受敌之中，我所对付的不过一小部分。""一九二一年中的一篇是对于所谓'虚无哲学'而发的；更后一年则大抵对于上海之所谓'国学家'而发。"

关于书名的由来，鲁迅是这样说的："无情的冷嘲和有情的讽刺相去本不及一张纸，对于周围的感受和反应，又大概是所谓'如鱼饮水冷暖自知'的；我却觉得周围的空气太寒冽了，我自说我的话，所以反而称之曰《热风》。"

该书封面为白底红字，未做任何装饰，书名由鲁迅题写。

WUUSINW
··
集益华

一九二六

华盖集

署名"LUSIN"（鲁迅）

北京北新书局 1926 年 6 月初版，32 开毛边本，平装。

该书收录鲁迅 1925 年所作杂文 31 篇。这些杂文，大多发表于《京报副刊》《猛进》《语丝》《民众文艺周刊》《莽原》《豫报副刊》《国民新报副刊》《北大学生会周刊》等。内容主要是围绕北京女子师范大学学潮，对社会邪恶势力的抗争和对落后传统思想的批判。

关于书名的来由，鲁迅在该书的题记中说："我平生没有学过算命，不过听老年人说，人是有时要交'华盖运'的。""这运，在和尚是好运：顶有华盖，自然是成佛作祖之兆。但俗人可不行，华盖在上，就要给罩住了，只好碰钉子。我今年开手作杂感时，就碰了两个大钉子：一是为了《咬文嚼字》，一是为了《青年必读书》。署名和匿名的豪杰之士的骂信，收了一大捆，至今还塞在书架下。此后又突然遇见了一些所谓学者，文士，正人，君子等等，据说都是讲公话，谈公理，而且深不以'党同伐异'为然的。可惜我和他们太不同了，所以也就被他们伐了几下。"对于这些杂文，鲁迅颇为珍视，认为"这是我转辗而生活于风沙中的瘢痕"。

封面为白底红字，由鲁迅亲自设计。

彷徨

署名鲁迅

北京北新书局 1926 年 8 月初版，为"乌合丛书"之一，大 32 开毛边本，平装。

这是鲁迅的第二部现代题材的短篇小说集，收录作于 1924 年至 1925 年间的小说《祝福》《在酒楼上》《伤逝》等 11 篇。

这部小说没有序言，也没有后记，只是在正文前引了《离骚》中的两段诗句："朝发轫于苍梧兮，夕余至乎县圃；欲少留此灵琐兮，日忽忽其将暮。""吾令羲和弭节兮，望崦嵫而勿迫；路漫漫其修远兮，吾将上下而求索。"

关于这本小说的由来，鲁迅在 1933 年出版的《鲁迅自选集》自序中是这样说的："得到较整齐的材料，则还是做短篇小说，只因为成了游勇，布不成阵了，所以技术虽然比先前好一些，思路也似乎较无拘束，而战斗的意气却冷得不少。新的战友在那里呢？我想，这是很不好的。于是集印了这时期的十一篇作品，谓之《彷徨》，愿以后不再这模样。"

该书由鲁迅的青年朋友陶元庆设计封面，对此，鲁迅极为满意，评价甚高，他在给陶元庆的信中说："《彷徨》的书面实在非常有力，看了使人感动。但听说第二板的颜色有些不对了，这使我很不舒服。"并认为"太阳画得极好"。

迅鲁

墳

1907–1925

坟

署名鲁迅

北京未名社 1927 年 3 月初版，大 32 开毛边本，平装。

这是鲁迅的一本论文集，收录 1907 年至 1925 年间所作论文、杂感、讲演等 23 篇。

这本书，是鲁迅在厦门大学任教时编成的，起因在于发现了自己在日本留学期间的几篇文章，如《人之历史》《科学史教篇》《摩罗诗力说》等，从而引起对往事的回忆，对现实的失望以及对生活的怀恋。在该书的题记中，鲁迅写道："在我自己，还有一点小意义，就是这总算是生活的一部分的痕迹。所以虽然明知道过去已经过去，神魂是无法追蹑的，但总不能那么决绝，还想将糟粕收敛起来，造成一座小小的新坟，一面是埋藏，一面也是留恋。"

该书的封面由陶元庆设计。1926 年 10 月 29 日，鲁迅致信陶元庆说："这是我的杂文集，……可否给我作一个书面？我的意思是只要和'坟'的意义绝无关系的装饰就好。"但陶元庆没有遵从鲁迅的意见，而是将棺椁、坟墓和树木一同放了进去，真正和《坟》的书名结合在了一起。

华盖集续编

署名"LUSIN"（鲁迅）

北京北新书局 1927 年 5 月初版，32 开本，平装。

该书收录鲁迅 1926 年所作杂文 32 篇，1927 年所作 1 篇。

关于该书的名称，鲁迅在小引中说："这里面所讲的仍然并没有宇宙的奥义和人生的真谛。不过是，将我所遇到的，所想到的，所要说的，一任它怎样浅薄，怎么偏激，有时便都用笔写了下来。……你要那样，我偏要这样是有的；偏不遵命，偏不磕头是有的；偏要在庄严高尚的假面上拨它一拨也是有的，此外却毫无什么大举。""书名呢？年月是改了，情形却依旧，就还叫《华盖集》。然而年月究竟是改了，因此只得添上两个字：'续编'。"

该书的封面由鲁迅亲自设计，形式与《华盖集》相同，所不同者，是在"华盖集"三个字的下面斜盖了一枚长方形的"续编"图章，增加了装饰意味，黑红相间，相映成趣。

野草

署名鲁迅先生著

北京北新书局 1927 年 7 月初版，为"乌合丛书"之一种，32 开毛边本，平装。

该书是鲁迅的一本散文诗集，收录 1924 年 9 月至 1926 年 4 月所作散文诗（含独幕剧、杂文等）23 篇。结集之前，曾陆续发表于同一时期的《语丝》周刊。

这本书是鲁迅在痛苦中生活的产物：《新青年》阵营的解体、兄弟失和、被章士钊免职、与许广平恋爱而又不能结合，凡此种种，都令鲁迅处在彷徨、挣扎、苦闷、抗争之中。这些作品的格调，颇受尼采的《查拉图斯特拉如是说》的影响。正如他在给萧军信中所说："我的那一本《野草》，技术并不算坏，但心情太颓唐了，因为那是我碰了许多钉子之后写出来的。"这本书出版之前，鲁迅已经摆脱了精神的危机和现实的苦恼，在广州中山大学找到了一片新的天地，但过去的经历难以忘怀，因此鲁迅在题辞中写道："野草，根本不深，花叶不美，然而吸取露，吸取水，吸取陈死人的血和肉，各各夺取它的生存。当生存时，还是将遭践踏，将遭删刈，直至于死亡而朽腐。""但我坦然，欣然。我将大笑，我将歌唱。""我以这一丛野草，在明与暗，生与死，过去与未来之际，献于友与仇，人与兽，爱者与不爱者之前作证。"

该书封面由孙福熙设计，鲁迅题写书名。乌云、闪电、风雨、溪流与地面上顽强生长的野草，构成了一幅富有张力的画面。

朝花夕拾

署名鲁迅

北平未名社 1928 年 9 月初版,为"未名新集"之一种,32 开毛边本,平装。

该书是鲁迅的一本散文集,收录 1926 年所作回忆性散文 10 篇,最初以"旧事重提"为总题陆续发表于《莽原》半月刊。鲁迅曾在《故事新编》的序言中提到这本书写作的背景:"直到一九二六年的秋天,一个人住在厦门的石屋里,对着大海,翻着古书,四近无生人气,心里空空洞洞。而北京的未名社,却不绝的来信,催促杂志的文章。这时我不愿意想到目前;于是回忆在心里出土了,写了十篇《朝华夕拾》。"

关于书名的来历,鲁迅在该书的小引中说:"带露折花,色香自然要好得多,但是我不能够。便是现在心目中的离奇和芜杂,我也还不能使他即刻幻化,转成离奇和芜杂的文章。或者,他日仰看流云时,会在我的眼前一闪烁罢。"

该书的封面设计,颇费周折。鲁迅曾委托数人设计,但均无回音。后打算从陈师曾所画的信笺中选出一张作为背景,亦未能如愿。最后又请陶元庆绘制并在上海印刷,再寄到北平装订成书。书名由鲁迅题写。

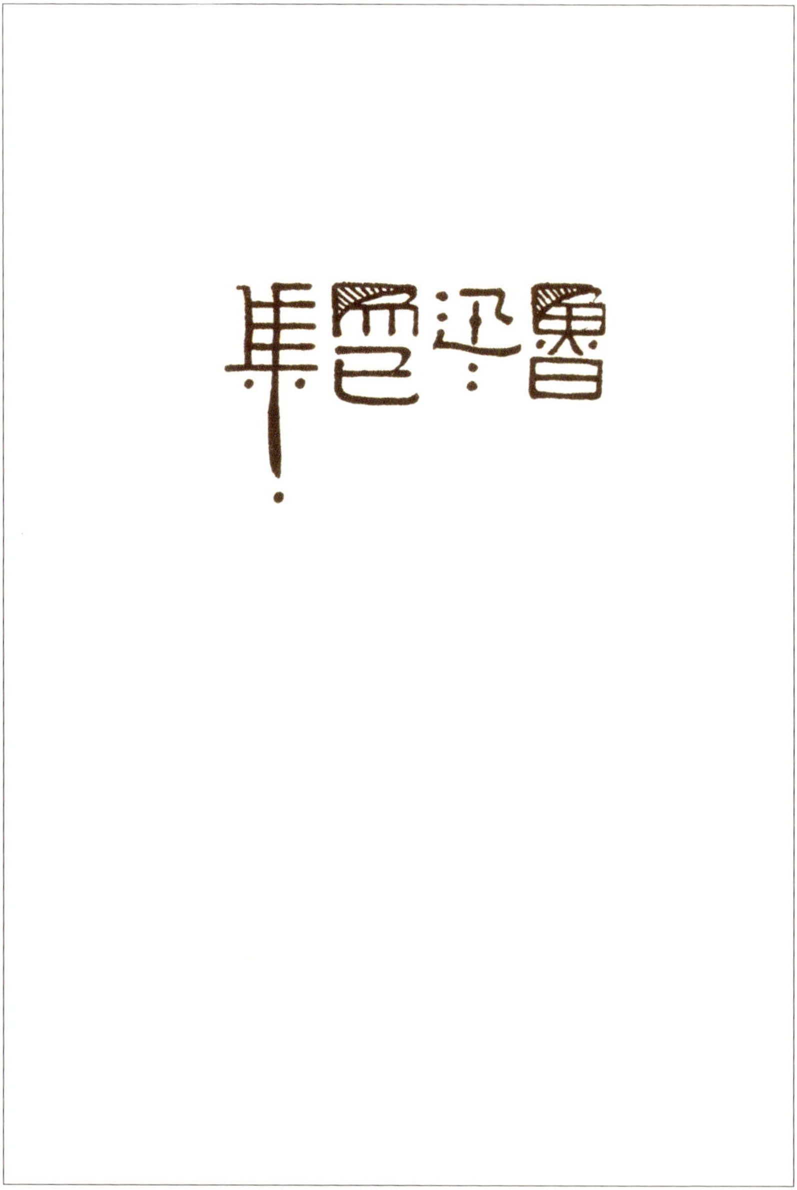

而已集

署名鲁迅

上海北新书局 1928 年 10 月初版，大 32 开毛边本，平装。

该书是鲁迅的杂文集，收录 1927 年所作杂文 29 篇，附录 1926 年发表于《京报副刊》的《大衍发微》。

1927 年是一个特殊的年份，国共两党由合作到分裂，蒋介石发动"四一二政变"，大肆屠杀共产党人，鲁迅在中山大学的学生毕磊也遭到杀害，尸体沉入珠江。对此，鲁迅极度失望，也极度愤怒。在悲愤中，他写下了饱含血和泪的文字。1932 年 4 月 24 日，鲁迅在《三闲集》的序言中曾说："我是在二七年被血吓得目瞪口呆，离开广东的，那些吞吞吐吐，没有胆子直说的话，都载在《而已集》里。"

和以往的杂文集不同，鲁迅没有为这本书专门写序言和后记，而是将《华盖集续编》末尾的一首自由诗作为题辞：

这半年我又看见了许多血和许多泪，

然而我只有杂感而已。

泪揩了，血消了；

屠伯们逍遥复逍遥，

用钢刀的，用软刀的。

然而我只有"杂感"而已。

连"杂感"也被"放进了应该去的地方"时，

我于是只有"而已"而已！

该书的封面，由鲁迅亲自设计。点、线和阴影组成的略带隶书意味的作者名和书名古朴而不失活泼，庄重而不失灵动。

鲁迅：三闲集

三闲集

署名鲁迅

上海北新书局 1932 年 9 月初版，大 32 开毛边本，平装。

该书是鲁迅的杂文集，收录 1927 年至 1929 年间所作杂文 34 篇。其内容大多与创造社、太阳社、新月社等团体中人的论争有关。

这本书书名的来历，与创造社骨干成仿吾有关。1927 年 1 月，成仿吾在《洪水》第三卷第二十五期《完成我们的文学革命》一文中说："鲁迅先生坐在华盖之下正在抄他的小说旧闻"，是一种"以趣味为中心的文艺"，"后面必有一种以趣味为中心的生活基调"，"这种以趣味为中心的生活基调，它所暗示着的是一种在小天地中自己骗自己的自足，它所矜持着的是闲暇，闲暇，第三个闲暇。"

对此，鲁迅在《三闲集》的序言中做了这样的回答："我将编《中国小说史略》时所集的材料，印为《小说旧闻钞》，以省青年的检查之力，而成仿吾以无产阶级之名，指为'有闲'，而且'有闲'还至于有三个，却是至今还不能完全忘却的。我以为无产阶级是不会有这样锻炼周纳法的，他们没有学过'刀笔'。编成而名之曰《三闲集》，尚以射成仿吾也。"

该书封面一如《热风》，白底红字，未加任何装饰，书名由鲁迅题写。

鲁迅：二心集

二心集

署名鲁迅

上海合众书店 1932 年 10 月初版，大 32 开毛边本，平装。

该书是鲁迅的杂文集，收录 1930 年至 1931 年间所作杂文、通信 37 篇，末附《现代电影与有产阶级》译文 1 篇。

关于《二心集》书名的来历，和《三闲集》有些类似。1930 年 5 月 7 日，《民国日报》发表署名男儿的《文坛上的贰臣传———一、鲁迅》，称"所谓自由运动大同盟，鲁迅首先列名，所谓左翼作家联盟，鲁迅大作讲演，昔为百炼钢，今为绕指柔，老气横秋之精神，竟为二九小子玩弄于掌上，作无条件之屈服"。对此，鲁迅在《二心集》的序言中做了这样的回应："去年偶然看见了几篇梅林格（Franz Mehring）的论文，大意说，在坏了下去的旧社会里，倘有人怀一点不同的意见，有一点携贰的心思，是一定要大吃其苦的。而攻击陷害得最凶的，则是这人的同阶级的人物。他们以为这是最可恶的叛逆，比异阶级的奴隶造反还可恶，所以一定要除掉他。我才知道中外古今，无不如此，真是读书可以养气，竟没有先前那样'不满于现状'了，并且仿《三闲集》之例而变其意，拾来做了这一本书的名目。"

该书封面格式一如《三闲集》，书名由鲁迅题写。

魯迅與景宋的通信

兩地書

上海青光書局印行

两地书

署"鲁迅与景宋的通信"

上海北新书局1933年4月以上海青光书局名义初版,32开毛边本,平装。

该书是鲁迅和许广平的通信集,收录两人1925年3月至1929年6月间往来书信135封。

1925年3月11日,在北京女子师范大学读书的许广平给鲁迅写信,请教人生问题,鲁迅当夜即回了一封长信,从此你来我往,逐渐建立了恋爱关系。1926年8月,二人一同离开北京,到上海后暂时分离,鲁迅赴厦门大学任教,许广平到广州工作,期间书信往来非常频繁。1929年5月,鲁迅回北平探亲,停留半个月,两人又有不少通信。这些信,都完整地保留了下来。

关于这本书的编选,是由于未名社的中坚韦素园英年早逝,李霁野、台静农、韦丛芜意欲为韦素园编纪念集,向鲁迅征集其书信。韦素园的信没有找到,却找到了自己和许广平的通信。恰好,北新书局李小峰向鲁迅约稿,鲁迅便编辑了这本通信集。

在该书的序言中,鲁迅做了这样的说明:"先前是一任他垫在箱子底下的,但现在一想起他曾经几乎要打官司,要遭炮火,就觉得他好像有些特别,有些可爱似的了。夏夜多蚊,不能静静的写字,我们便略照年月,将他编了起来,因地而分为三集,统名之曰《两地书》。""我们以这一本书为自己记念,并以感谢好意的朋友,并且留赠我们的孩子,给将来知道我们所经历的真相,其实大致是如此的。"

需要说明的是,收在《两地书》中的书信,并非书信的原貌,在抄写过程中,为了减少不必要的麻烦,鲁迅做了不少改动和增删。

该书封面由鲁迅亲自设计,他在给李小峰的信中附上了封面的格式,说:"书面我想也不必特别设计,只要仍用所刻的三个字,照下列的样子一排——这就下得去了。"并注明"用炒米色纸绿字印,或淡绿纸黑字印。"

鲁迅：伪自由书
一名曰不三不四。集

伪自由书

署名鲁迅

上海北新书局 1933 年 10 月以青光书局名义初版，32 开毛边本，平装。

该书是鲁迅的一本杂文集，收录 1933 年 1 月至 5 月间所作杂文 43 篇。书中的文字，除极少数在收集前未发表外，均刊载于《申报·自由谈》。鲁迅在前记中说："这些短评，有的由于个人的感触，有的则出于时事的刺戟，但意思都极平常，说话也往往很晦涩，我知道《自由谈》并非同人杂志，'自由'更当然不过是一句反话，我决不想在这上面去驰骋的。我之所以投稿，一是为了朋友的交情，一则在给寂寞者以呐喊，也还是由于自己的老脾气。然而我的坏处，是在论时事不留面子，砭痼弊常取类型，而后者尤与时宜不合。"既然不能在"自由谈"上自由地谈论，因此鲁迅将其命名为"《伪自由书》一名《'不三不四'集》"。

该书封面白底黑字，书名由鲁迅题写。

南腔北调集　鲁迅

南腔北调集

署名鲁迅

上海同文书局 1934 年 3 月初版，大 32 开毛边本，平装。

该书是鲁迅的杂文集，收录 1932 年至 1933 年间所作杂文、通信、序跋等 51 篇。

该书书名的由来，起因于 1933 年 1 月一篇署名美子的《作家素描（八）·鲁迅》，文章中说："鲁迅很喜欢演说，只是有些口吃，并且是'南腔北调'，然而这是促成他深刻而又滑稽的条件之一。"为此，鲁迅在这本杂文集的题记中说："前两点我很惊奇，后一点可是十分佩服了。真的，我不会说绵软的苏白，不会打响亮的京腔，不入调，不入流，实在是南腔北调。""静着没事，有意无意的翻出这两年所作的杂文稿子来，排了一下，看看已经足够印成一本，同时记得了那上面所说的'素描'里的话，便名之曰《南腔北调集》，准备和未成书的将来的《五讲三嘘集》配对。"

该书封面依然由鲁迅自己设计，除了亲笔题写的书名、作者外，不加任何装饰。

鲁迅·拾零集

合众书店刊

拾零集

署名鲁迅

上海合众书店 1934 年 10 月初版，32 开本，平装。

该书是《二心集》的一个选本，收录其中的杂文 16 篇。

鲁迅曾说："我的文章，也许是《二心集》中比较锋利。"1934 年 1 月，当《二心集》印至第四版时，即遭到国民党当局查禁。出版该书的合众书店将准备印行的第五版送交国民党中央宣传委员会图书杂志审查委员会审查，最后被删去书中的序言和 20 余篇文章，仅允许保留 16 篇。合众书店只好将删余部分更名为《拾零集》出版。

对此，鲁迅及时做出了反应，他在 1934 年 10 月 13 日致合众书店的信中说："要将删余之《二心集》改名出版，以售去版权之作者，自无异议。但我要求在第一页上，声明此书经中央图书审查会审定删存；倘登广告，亦须说出是《二心集》之一部分，否则，蒙混读者的责任，出版者和作者都不能不负，我是要设法自己告白的。"

但合众书店慑于当局的压力，并没有采纳鲁迅的意见，只是在封底加印"本书审查证审字 559 号"字样。

该书仅 59 页，成了真正的"拾零"。

准風月談

准风月谈

上海联华书局 1934 年 12 月以兴中书局名义初版，32 开毛边本，平装。

该书是鲁迅的杂文集，收录 1933 年 6 月至 11 月间所作杂文 84 篇。

关于《准风月谈》书名的来历，与《申报·自由谈》编者刊出"吁请海内文豪，从兹多谈风月"的启事有关。鲁迅在该书的《后记》中说："这六十多篇杂文，是受了压迫之后，从去年六月起，另用各种的笔名，障住了编辑先生和检查老爷的眼睛，陆续在《自由谈》上发表的。""内容也还和先前一样，批评些社会的现象，尤其是文坛的情形。"

该书封面由鲁迅设计，书名亦为自题，并加盖了一枚"旅隼"的朱文印章。"旅隼"谐音"鲁迅"，因此成为鲁迅的一个笔名。"隼"旧称"鹘"，是一种具有攻击性很强的猛禽，寓意士卒劲勇，能够攻坚克敌，因此颇受鲁迅的赏识，认为天空的鹰隼是一种"伟美的壮观"。"旅隼"即行止不定的猛禽，可以寓意鲁迅的经常避难。将这枚图章盖在书名下方，可以说明鲁迅所处环境的黑暗和战斗不屈的勇气。

集外集

鲁迅 著

集外集

署鲁迅著

上海群众图书公司 1935 年 5 月初版，32 开本，平装。

顾名思义，该书为鲁迅的一部集外作品集，也可以说是佚文集，收录 1933 年以前未曾编集的诗文 56 篇。

该书由杨霁云搜集、抄录、编辑，经鲁迅校订并增补。

对于这本书中所收录的作品，鲁迅颇为珍视，他在序言中说："但我对于自己的'少作'，愧则有之，悔却从来没有过。出屁股，衔手指的照相，当然是惹人发笑的，但自有婴年的天真，决非少年以至老年所能有。""我惭愧我的少年之作，却并不后悔，甚而至于还有些爱，这真好像是'乳犊不怕虎'，乱攻一通，虽然无谋，但自有天真存在。"

该书由鲁迅题写书名。

門外文談

鲁迅　著
天馬叢書五
尹庚　主編

门外文谈

署名鲁迅

叶籁士、尹庚等编，上海天马书店 1935 年 9 月初版，列入尹庚主编"天马丛书"之五，32 开本，平装。

该书是鲁迅的一本关于文字改革的杂文集。收入《论大众语》《门外文谈》《中国语文的新生》《从"别字"说开去》《关于新文字》等五篇，由鲁迅亲自选定。

尽管是一本关于文字改革的书稿，但在出版前仍需送当局审查，对此，鲁迅在 1934 年 12 月 11 日致曹聚仁的信中说："天马书店要送检查，随他去送罢，其中似乎也未必有犯忌的地方，虽然检查官的心眼，不能以常理测之。"

书后附有编者的《编校后记》，说明这些文章曾在《自由谈》《新生周刊》《芒种》《新文字月刊》上发表过，指出"《门外文谈》在《自由谈》发表时有两处遗漏，这次蒙作者来信指正，得以补入，这是编者应该感谢的。"

封面以麦绥莱勒《一个人的受难》中"灯下读书"为背景。

文学丛刊

故事新编

鲁迅

文化生活出版社

故事新编

署名鲁迅

上海文化生活出版社 1936 年 1 月初版，为"文学丛刊"第一集第二种，36 开本，分精装、平装两种。

这是鲁迅继《呐喊》《彷徨》之后的第三部小说集，收录 1922 年至 1935 年间所作神话传说及历史题材小说 8 篇。

鲁迅第一篇古代题材的小说是《不周山》，原收入《呐喊》，因成仿吾曾说《呐喊》中的《狂人日记》《孔乙己》《药》《阿 Q 正传》等都是"浅薄""庸俗"的"自然主义"作品，只有《不周山》一篇"虽然也还有不能令人满足的地方"，却是表示作者"要进而入纯文艺的宫殿"的"杰作"。于是鲁迅在《呐喊》印行第二版时，便将《不周山》删除。直到 1936 年收入《故事新编》，但将题目改为《补天》。

1935 年秋，黄源代表巴金向鲁迅约稿，鲁迅答应后，在原有几篇的基础上，抱病续写了数篇，并将原来拟定的《新编的故事》更名为《故事新编》。

对于这本小说集，鲁迅认为"其中也还是速写居多，不足称为'文学概论'之所谓小说。叙事有时也有一点旧书上的根据，有时却不过信口开河。而且因为自己的对于古人，不及对于今人的诚敬，所以仍不免时有油滑之处。……不过并没有将古人写得更死，却也许暂时还有存在的余地的罢。"小说出版后得到了高度评价，茅盾在《玄武门之变·序》中说："在《故事新编》中，鲁迅先生以他特有的锐利的观察、战斗的热情，和创作的艺术，非但'没有将古人写得更死'，而且将古代和现代错综交融，成为一而二，二而一。"

花邊文學

魯迅

花边文学

署名鲁迅

上海联华书局 1936 年 6 月初版，32 开本，平装。

该书是鲁迅的杂文集，收录 1934 年 1 月至 11 月间所作杂文 61 篇。

关于《花边文学》书名的来历，鲁迅在该书的《序言》中说："这一个名称，是和我在同一营垒里的青年战友，换掉姓名挂在暗箭上射给我的。那立意非常巧妙：一，因为这类短评，在报上登出来的时候往往围绕一圈花边以示重要，使我的战友看得头疼；二，因为'花边'也是银元的别名，以见我的这些文章是为了稿费，其实并无足取。"鲁迅所说的青年战友是廖沫沙，他曾以林默为笔名，在 1934 年 7 月 3 日《大晚报·火炬》上发表《论"花边文学"》一文，其中说："近来有一种文章，四周围着花边，从一些副刊上出现。这文章，每天一段，雍容闲适，缜密整齐，看外形似乎是'杂感'，但又像'格言'，内容却不痛不痒，毫无着落。""从作者看来，自然是好文章，因为翻来覆去，都成了道理，颇尽了八股的能事的。但从读者看，虽然不痛不痒，却往往渗有毒汁，散布了妖言。""这种文章无以名之，且名之曰'花边体'或'花边文学'罢。"文章还以鲁迅的《倒提》为靶子，对鲁迅所提出的"我们究竟是人，然而是没出息的人的缘故"进行了批驳，认为"现在是建设'大众语'文学的时候，我想'花边文学'，不论这种形式或内容，在大众的眼中，将有流传不下去的一天罢。"

正因为如此，鲁迅将该书的封面设计为白底红字居中，外加一圈黑色的花边，具有一种讽刺的意味。

文學叢刊

夜記

魯迅

文化生活出版社

夜记

署名鲁迅

上海文化生活出版社 1937 年 4 月初版，32 开本，平装。

该书是鲁迅的一本杂文集，收入鲁迅写于 1934 年至 1936 年 10 月去世前所作杂文 13 篇，列入巴金主编"文学丛刊"第四集之十。

这本书，是许广平在鲁迅逝世后三个月零五天之后编辑完成的，其缘由首先在于文化生活出版社曾在鲁迅生前即刊出了出版鲁迅著《夜记》的预告，因此，许广平在编后记中说："现在离开预告好久了，不兑现的事情，是鲁迅先生所不大肯做的。——就在这个意义上，我才敢于编辑这一本书。"

鲁迅生前，的确想为文化生活出版社专门写一本《夜记》，而且将《半夏小集》《这也是生活》《死》《女吊》单独放在一处，预备作《夜记》的材料，但由于身体状况不佳，未能完成。为此，许广平只好以此为基础，从三本《且介亭杂文》中选取了一部分，编成了《夜记》。

编辑此书的另外一个缘由，是鲁迅的有些文章被不法书商盗印，脱漏、讹误之处颇多，因此借编辑《夜记》的机会，将错讹之处进行了更正。第三个缘由也借此向当局和公众表明鲁迅抗击日本军国主义的鲜明立场。《夜记》中所收录的《在现代中国的孔夫子》《陀思妥夫斯基的事》《我要骗人》三篇，直接发在日本的刊物上，如同"投下几颗手榴弹，引起了他们社会上的惊诧。除了鲁迅先生，我们再从什么地方找这样大胆的'抗×'的正当言论呢？"（许广平语）

书中的《半夏小集》本是鲁迅在 1936 年夏天大病之后写下的片断文字，尚未铺陈成文，因此没有注明日期，许广平特意将其置于卷首，作为一个纪念。

且介亭雜文

且介亭杂文

署名鲁迅

上海三闲书屋1937年7月初版，32开本，平装。

该书是鲁迅的一本杂文集，收录1934年所作杂文37篇。

"且介亭"源于鲁迅在上海的居住地为"半租界"，"且介"即为"租界"之半，"亭"即为上海常见的条件简陋、空间逼仄的"亭子间"，鲁迅以此命名，表明了所处环境的不同寻常。

1934年，是鲁迅写作杂文数量最多的一年。对于邵洵美、施蛰存、杜衡、林希隽等人对杂文的攻击，鲁迅有着清醒的认识，认为"现在是多么切迫的时候，作者的任务，是在对于有害的事物，立刻给以反响或抗争，是感应的神经，是攻守的手足。潜心于他的鸿篇巨制，为未来的文化设想，固然是很好的，但为现在抗争，却也正是为现在和未来的战斗的作者，因为失掉了现在，也就没有了未来。"

1935年12月30日，鲁迅将未收入《花边文学》的文字编辑在一起，命名为《且介亭杂文》。在该书的《序言》中，鲁迅写道："这一本集子和《花边文学》，是我在去年一年中，在官民的明明暗暗，软软硬硬的围剿'杂文'的笔和刀下的结集，凡是写下来的，全在这里面。"对于这些杂文的价值，鲁迅说既不是"诗史"，也不是英雄们的"八宝箱"，而是自谦地说："我只在深夜的街头摆着一个地摊，所有的无非几个小钉，几个瓦碟，但也希望，并且相信有些人会从中寻出合于他的用处的东西。"

且介亭雜文二集

且介亭杂文二集

署名鲁迅

上海三闲书屋 1937 年 7 月初版，32 开本，平装。

该书是鲁迅的一本杂文集，收录 1935 年所作杂文 48 篇。

1935 年 12 月 31 日，在该书的《序言》中，鲁迅这样写道："昨天编完了去年的文字，取发表于日报的短论以外者，谓之《且介亭杂文》；今天再来编今年的，因为除做了几篇《文学论坛》，没有多写短文，便都收录在这里面，算是《二集》。"在为该书写的《后记》中，鲁迅回顾了自己 18 年来写作杂文的成绩，指出"后九年中的所写，比前九年多两倍；而这后九年中，近三年所写的字数，等于前六年"，而且，这些杂感都是在面临当局对"言论的迫压"的环境中完成的。因此，鲁迅主张"要论作家的作品，必须兼想到周围的情形"。在《后记》中，鲁迅特意附录了 1934 年 3 月 14 日《大美晚报》所刊载的《中央党部禁止新文艺作品》的新闻，其中列举了 150 余种被禁书目，揭露了当局对进步文艺运动的压制。最后说："我在这一年中，日报上并没有投稿。凡是发表的，自然是含胡的居多。这是带着枷锁的跳舞，当然只足发笑的。但在我自己，却是一个纪念，一年完了，过而存之，长长短短，共四十七篇。"

且介亭雜文末編

且介亭杂文末编

署名鲁迅

上海三闲书屋 1937 年 7 月初版，32 开本，平装。

该书是鲁迅的最后一本杂文集，收录 1936 年所作杂文 35 篇，其中"附集"21 篇。

这本书的正编部分，是鲁迅生前单独放在一起准备编集的，附集部分，是许广平从鲁迅发表在《海燕》《作家》《现实文学》《中流》等杂志上的文章中收集的，其中《答托洛斯基派的信》是冯雪峰以"O.V."为笔名代写的，那时，鲁迅病重到了"艰于起卧"，不能拿笔的地步，不可能进行口授或过目、修改，因此文末所注的"这信由先生口授，O.V. 笔写"是一种虚拟的做法。

这本书，是由许广平编辑完成的。

值得一提的是，《且介亭杂文》和《且介亭杂文二集》《且介亭杂文末编》均由鲁迅题写书名并加盖"鲁迅"白文印，前两册是鲁迅编好并写了序言、后记（附记），但遗憾的是，鲁迅在 1936 年 10 月 19 日去世，没有看到这三本书的出版。

集外集

拾遺

鲁迅

著

集外集拾遗

署名鲁迅

鲁迅全集出版社 1939 年 5 月初版，32 开本，平装。

这是鲁迅的第二本佚文集，收录 1909 年至 1936 年间所作小说、杂文、通讯等 54 篇，译文 3 篇，歌谣 4 首，旧体诗 29 首，另有附录 6 篇，附于文末的"案语""备考" 14 则。

1935 年《集外集》的出版，激发了鲁迅编辑自己集外文字的热情，他特意请早年的学生宋紫佩将存放于北平家中的报刊资料寄到上海，亲自抄录或由许广平代抄，随时写下"补记""备考"，加注日期等。同时，还准备恢复《集外集》出版时被迫删除的部分，作为对当局的回应。遗憾的是，此书尚未完成，鲁迅就去世了，后由许广平编定，收入 1938 年版《鲁迅全集》。

该书的封面格式，一如《集外集》，其中"集外集"三字为鲁迅遗墨。

漢文學史綱要

汉文学史纲要

鲁迅全集出版社 1941 年 10 月初版，32 开本，平装。列为"鲁迅三十年集"之二十。

该书是鲁迅《中国小说史略》之后的第二部中国文学史著作，原为鲁迅在厦门大学讲授中国文学史课程时所编写的讲义，题为"中国文学史略"，1938 年收入《鲁迅全集》时定名为《汉文学史纲要》。

该书包括十篇，分为自文字至文章、《书》与《诗》、老庄、屈原及宋玉、李斯、汉宫之楚生、贾谊与晁错、藩国之文术、武帝时文术之盛、司马相如与司马迁。

按照鲁迅最初的设想，是要借授课的机会，编写一部完整的中国文学史，而且自信能够"说出一点别人没有见到的话来"，"也许于中国不无小好处"。遗憾的是，由于鲁迅只在厦门大学工作了一个学期，四个月后便辞职离开，到了广东的中山大学，这一工作未能进行下去。即便如此，这部讲义中的真知灼见依然具有恒久的价值，如在《司马相如与司马迁》，开篇即为"武帝时文人，赋莫若司马相如，文莫若司马迁，而一则寥寂，一则被刑。盖雄于文者，常桀骜不欲迎雄主之意，故遇合常不及凡文人。"在评价司马迁时写道："恨为弄臣，寄心楮墨，感身世之戮辱，传畸人于千秋，虽背《春秋》之义，固不失为史家之绝唱，无韵之《离骚》矣。"这些话，的确是别人写不出来的。

翻譯之部

科学
小说
月界旅行

月界旅行

正文前署美国培仑原著、进化社译，版权页则署"美国培伦原著，中国教育普及社译印"

清光绪二十九年（1903年）十月日本东京进化社发行，24开本，平装。

该书为法国小说家儒勒·凡尔纳著的科学幻想小说，原书名为《自地球至月球在九十七小时二十分间》（现译为《从地球到月球》），鲁迅据日本井上勤译本以中国章回体小说形式重译，与其说是翻译，不如说是改写。1934年5月15日，鲁迅在致《集外集》编者杨霁云的信中说："我因为向学科学，所以喜欢科学小说，但年青时自作聪明，不肯直译，回想起来真是悔之已晚。"当时，鲁迅对于凡尔纳尚不熟悉，误认为其为美国人，因此版权页署"美国培伦原著"，之所以未署译者本名，是因为鲁迅当时将译稿以30元出售给了别人。

该书书名为隶书，居中直排，上方为"科学小说"，之所以强调其属性，与鲁迅当时的追求有关，正如他在该书的《辨言》中所说："我国说部，若言情谈故刺时志怪者，架栋汗牛，而独于科学小说，乃如麟角。智识荒隘，此实一端。故苟欲弥今日译界之缺点，导中国人群以进行，必自科学小说始。"

地底旅行

地底旅行

署英国威男原著，之江索士译演

清光绪三十二年（1906年）三月南京启新书局发行，32开本，平装。

该书为法国儒勒·凡尔纳著的科学幻想小说，现译为《地心游记》。鲁迅据日文本翻译该书时，对凡尔纳仍不熟悉，因此将其误认为英国人。鲁迅的译文仿照中国章回体小说形式，分为12回，前两回最初刊载于1903年12月《浙江潮》第10期。时隔三十年之后，鲁迅在1934年5月6日致杨霁云的信中说："《浙江潮》中所用笔名，连自己也忘记了，只记得所作的东西，……还有《地底旅行》，也为我所译，虽说译，其实乃是改作，笔名是'索子'，或'索士'，但也许没有完。"

该书封面为海浪和活火山，书名为红色，行楷自右向左成阶梯状排列。

域外小说集一

弟 一 册

域外小说集（第一册）

署"会稽周氏兄弟纂译"

日本东京神田印刷所 1909 年 2 月初版，周树人发行，上海广昌隆绸庄寄售，32 开毛边本，平装。

该书为鲁迅、周作人合译的短篇小说集，其中俄国安特来夫的《谩》和《默》两篇为鲁迅所译，其余均为周作人译。

关于该书的译印，鲁迅在 1920 年为《域外小说集》合订本所写的《序言》中说："我们在日本留学时候，有一种茫漠的希望：以为文艺是可以转移性情，改造社会的。因为这意见，便自然而然的想到介绍外国新文学这一件事。但做这事业，一要学问，二要同志，三要工夫，四要资本，五要读者。第五样逆料不得，上四样在我们却几乎全无：于是又自然而然的只能小本经营，姑且尝试，这结果便是译印《域外小说集》。"

本书的封面设计颇为别致，上方边框内为希腊文艺女神缪斯的画像，书名由鲁迅好友陈师曾以篆书题写，堪称中西合璧。

或外小說集

第 二 册

域外小说集（第二册）

署"会稽周氏兄弟纂译"

日本东京神田印刷所 1909 年 6 月初版，周树人发行，上海广昌隆绸庄寄售，32 开毛边本，平装。

该书为鲁迅、周作人合译的短篇小说集，其中俄国迦尔洵的《四日》为鲁迅所译，其余均为周作人译。

这两本《域外小说集》出版之后，境遇颇为寂寥，每一册仅卖出 20 本。但是，这两本翻译作品的意义却非同寻常，周氏兄弟不仅因此走上了文艺之路，而且率先将外国的文学作品介绍到了国内，恰如鲁迅在第一册初版《序言》中所称："异域文术新宗，自此始入华土。""中国译界，亦由是无迟莫之感矣。"

第二册的封面设计、书名题签与第一册相同。

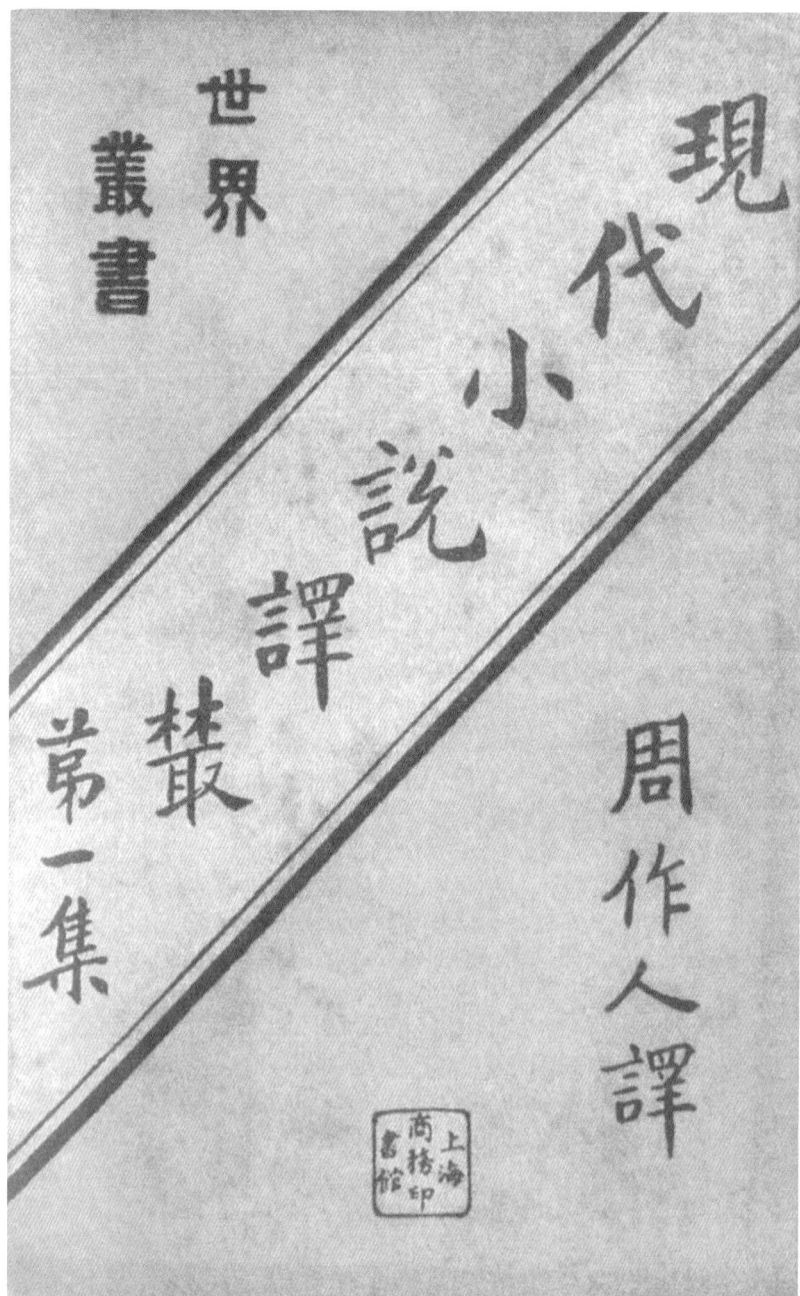

现代小说译丛

世界丛书

第一集

周作人译

上海商务印书馆印

现代小说译丛（第一集）

署周作人译

上海商务印书馆 1922 年 5 月初版，为"世界丛书"之一，32 开本，平装。

该书为鲁迅、周作人、周建人兄弟三人合译的外国短篇小说集，内收俄国、波兰、保加利亚、爱尔兰、西班牙、希腊、芬兰、亚美尼亚 8 个国家的 18 位作家的小说 30 篇，其中周作人译 18 篇，周建人译 3 篇，鲁迅译 9 篇并为除《省会》外的全部作品写了《译者附记》，对作家作品作了简要的介绍，同时也阐述了自己的创作主张。

周作人在该书的《序言》中谈到翻译辑集动机时曾说，由于青年时期受革命思想的冲激，对被侮辱与损害的人与民族的同情，已经深深"沁进精神里去"，所以历来所译的大半是小国作品。

阿志跋绥夫著 鲁迅 译

文学研究会丛书

工人绥惠畧夫

文學研究會出版

商務印書館發行

工人绥惠略夫

署阿志跋绥夫著，鲁迅译

商务印书馆中华民国十一年（1922 年）五月初版，为"文学研究会丛书"之一，32 开毛边本，平装。

该书为俄国作家阿尔志跋绥夫的中篇小说，共 15 章，小说主人公是一个被沙皇政府判处了死刑的无政府主义的革命者，在被押赴监狱途中乘机逃脱，化名绥惠略夫藏身彼得堡，书中所描述的就是其在彼得堡的生活。鲁迅在教育部参与整理德国商人俱乐部德文图书时将此书挑选出来，并在友人齐寿山的帮助下完成了翻译。关于翻译此书的动机，鲁迅在《记谈话》一文中说："大概，觉得民国以前，以后，我们也有许多改革者，境遇和绥惠略夫很相像，所以借借他人的酒杯罢。""便是将来，便是几十年以后，我想，还要有许多改革者的境遇和他相像的。"译文最初分期发表于《小说月报》，后出单行本，鲁迅作《译了〈工人绥惠略夫〉之后》冠于卷首。

该书封面构图繁复，花果对称有致，两个小天使站立两侧，作者、译者、书名、丛书名分行居中排列，缎带空白处印"文学研究会出版"字样，下方印"商务印书馆发行"。

愛羅先珂童話集

魯迅 譯

文學研究會叢書

上海商務印書館發行

爱罗先珂童话集

署鲁迅译

商务印书馆 1922 年 7 月初版，为"文学研究会丛书"之一，32 开本，分精装、平装两种。

爱罗先珂是俄国盲诗人、童话作家。1922 年来到北京，一度住在鲁迅、周作人坐落于八道湾的家中，同周氏兄弟有许多共同语言，建立了深厚的友谊，鲁迅的创作也曾受到爱罗先珂的影响。

对于爱罗先珂的童话，鲁迅评价甚高，在该书的序言中说："我觉得作者所要叫彻人间的是无所不爱，然而不得所爱的悲哀，而我所展开他来的是童心的，美的，然而有真实性的梦。"

全书收入童话 11 篇，鲁迅独自翻译 9 篇，选自原作者的两本创作集和杂志、原稿，其中 8 篇在出版前曾在《新青年》《晨报副刊》《妇女杂志》《东方杂志》《小说月报》等报刊发表。

书中的《我的学校生活的一断片——自叙传》和《为跌下而造的塔》由胡愈之译，《虹之国》由汪馥泉译。

书前印有爱罗先珂全身照。

一個青年的夢

日本武者小路實篤著

魯迅 譯

文學研究會叢書

一个青年的梦

署日本武者小路实笃著、鲁迅译

商务印书馆 1922 年 7 月初版，为"文学研究会从书"之一，32 开毛边本，平装。

该书为日本作家、戏剧家武者小路实笃的四幕剧剧本，其主旨是反对战争。鲁迅最初从《新青年》上看到了周作人对这本书的介绍，于是"便也搜求了一本，将他看完，很受些感动：觉得思想很透彻，信心很强固，声音也很真。""我以为这剧本也很可以医许多中国旧思想上的痼疾，因此也很有翻成中文的意义。"

1919 年 8 月 2 日，鲁迅开始翻译这部作品，并在《北京国民公报》连载，10 月 25 日，报纸遭禁，翻译遂中止。当年 11 月，应《新青年》之邀，鲁迅将全剧译完，分四期刊登。

周作人在和武者小路实笃通信时，告知了鲁迅翻译此书的事情，作者便专为这个译本写了一篇序，序中说："在这本书里，放着我的真心。这个真心倘能与贵国青年的真心相接触，那便是我的幸福了。"

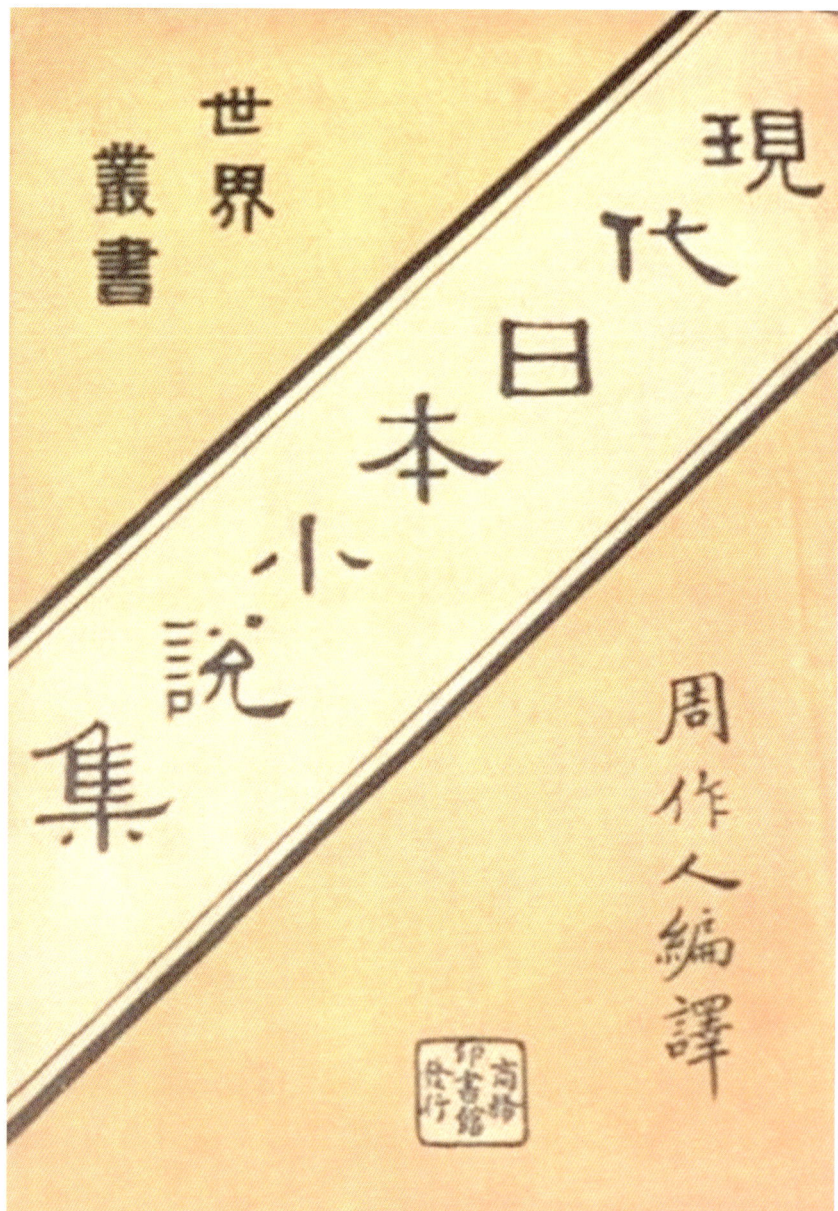

現代日本小説集

世界叢書

周作人編譯

商務印書館發行

现代日本小说集

署周作人编译

上海商务印书馆 1923 年 6 月初版，为"世界丛书"之一，32 开本，平装。

该书为鲁迅、周作人合译的一部作品集，收入日本 15 位现代作家的作品 30 篇，其中的 11 篇为鲁迅所译。周作人在《序》中称本书所选作品标准"是大半以个人的趣味为主"，"就已有定评的人和著作中，择取自己所能理解感受者，收入集内。"鲁迅在《关于作者的说明》和为各篇所作的《译者附记》中简要介绍了有关作者的生平创作及其风格流派，评论了各篇作品的思想意义和艺术风格。如在介绍夏目漱石时认为："夏目的著作以想像丰富，文词精美见称。早年所作……诸篇，轻快洒脱，富于机智，是明治文坛上的新江户艺术的主流，当世无与匹者。"在介绍菊池宽时说："他的创作，是竭力的要掘出人间性的真实来。一得真实，他却又怃然的发了感叹，所以他的思想是近于厌世的，但又时时凝视著遥远的黎明，于是又不失为奋斗者。"

桃 色 的 雲

愛 羅 先 珂

桃色的云

署爱罗先珂作，鲁迅译

北京大学新潮社 1923 年 7 月初版，为周作人编"文艺丛书"之一，32 开本，平装。

该书是爱罗先珂以日文写作的三幕童话剧，1922 年 4 月 30 日至 5 月 25 日，鲁迅据日本东京"丛文阁"版译出，连载于 5 月 30 日至 6 月 25 日《晨报副刊》。

对于爱罗先珂的遭遇，鲁迅极为同情，因此热心翻译介绍他的作品。鲁迅曾在《杂忆》一文中说："当爱罗先珂君在日本未被驱逐之前，我并不知道他的姓名。直到已被放逐，这才看起他的作品来；所以知道那迫辱放逐的情形的，是由于登在《读卖新闻》上的一篇江口涣氏的文字。于是将这译出，还译他的童话，还译他的剧本《桃色的云》。其实，我当时的意思，不过要传播被虐待者的苦痛的呼声和激发国人对于强权者的憎恶和愤怒而已，并不是从什么'艺术之宫'里伸出手来，拔了海外的奇花瑶草，来移植在华国的艺苑。"爱罗先珂也主动提出希望鲁迅尽快翻译这本《桃色的云》，认为自己的这部作品好于已往，以便"从速赠与中国的青年"。对于这部作品，鲁迅也给予了很高的评价，认为"世间本没有别的言说，能比诗人以语言文字画出自己的心和梦，更为明白晓畅的了"。

该书的封面设计别具一格，上方的橘红色图案系鲁迅摹绘的石刻云纹，下方印书名和著者，书前有日本画家中村彝所作的爱罗先珂彩色画像。

徵 象 的 悶 苦

譯迅鲁 著村白川厨

苦闷的象征

署厨川白村著，鲁迅译

1924 年 12 月（实为 1925 年 3 月）初版。为鲁迅所编"未名丛刊之一"，32 开本，平装。

该书为鲁迅翻译的日本文艺批评家厨川白村所著的文艺理论文集，分为创作论、鉴赏论、关于文艺的根本问题的考察、文学的起源等四章。作者的主张是："生命力受了压抑而生的苦闷懊恼乃是文艺的根柢，而其表现法乃是广义的象征主义。"厨川白村 1923 年 9 月在日本关东大地震中遇难，此书为其遗稿。1924 年 4 月 8 日，鲁迅前往日本人设在北京东单的东亚公司买来了这本《苦闷的象征》，随后即着手翻译，10 月 1 日至 31 日在《晨报副刊》连载。鲁迅翻译此书的初衷，是认为"非有天马行空似的大精神即无大艺术的产生。但中国现在的精神又何其萎靡锢蔽呢？……这是我所以冒昧开译的原因，——自然也是太过分的奢望。"

该书以常惠所译摩泊桑（今通译莫泊桑）作为附录。

鲁迅友人陶元庆（字璇卿）设计封面，锯齿状的花环中是一位裸体的少女，一把钢叉叉向少女的舌头，象征"人间之苦"。鲁迅对此极为欣赏，在该书引言最后说："陶璇卿君又特地为作一幅图画，使这书被了凄艳的新装。"

该书除书前作者像外，还有插图 4 幅。

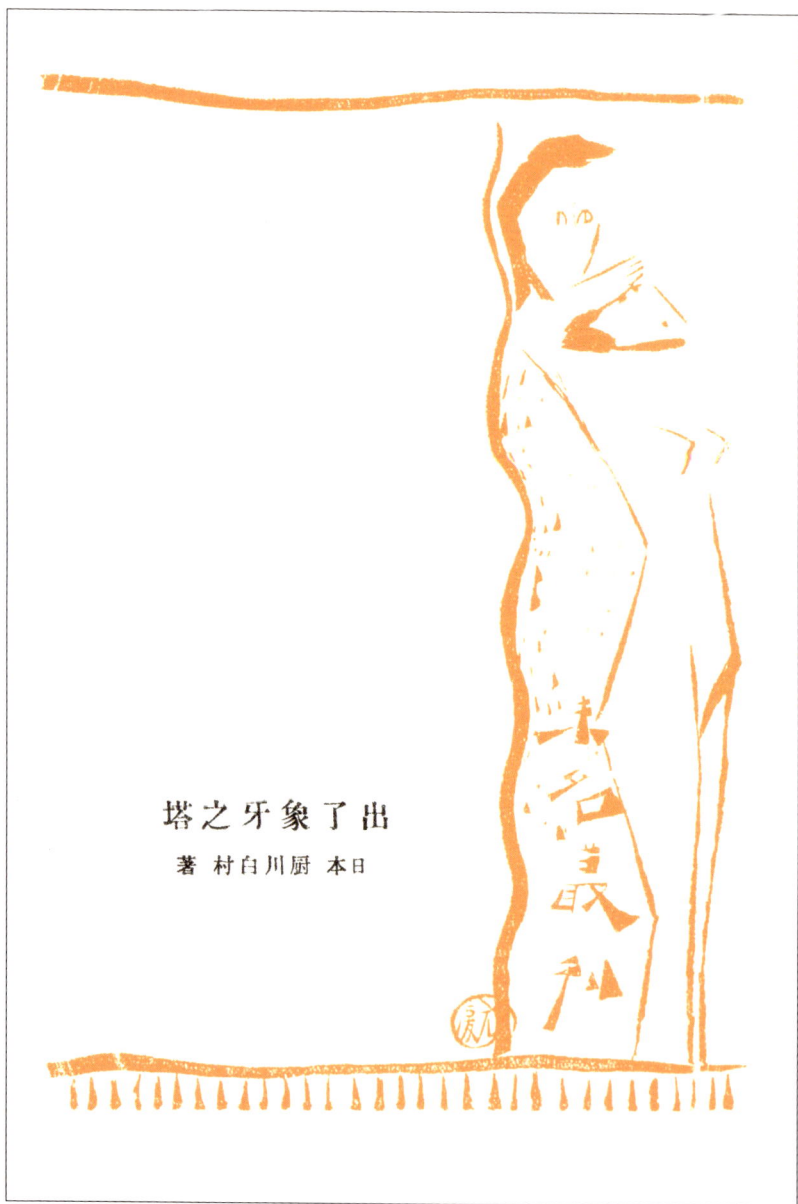

出了象牙之塔

日本 厨川白村 著

出了象牙之塔

封面署日本厨川白村著，扉页添加鲁迅译字样

1925 年 12 月北京未名社初版，为"未名丛刊"之一，32 开毛边本，平装。

该书为日本文艺批评家厨川白村的文艺评论集，收入论文 11 篇，是作者为新闻杂志社所作文章和讲演的结集。鲁迅在翻译时，删去了《文学者和政治者》一文。

"象牙之塔"出自十九世纪法国文艺批评家圣佩韦批评同时代消极浪漫主义诗人维尼文章中的用语，后用来比喻脱离现实生活的文艺家的小天地。

之所以选择翻译这本《出了象牙之塔》，是由于鲁迅认为厨川白村对于日本国民性的弱点和世态的批评，使人感到有快刀斩乱麻似的爽利和痛快。"作者对于他的本国的缺点的猛烈攻击法，真是一个霹雳手。……他所狙击的要害，我觉得往往也就是中国的病痛的要害；这是我们大可以借此深思，反省的。"正是由于厨川白村的这部书"多半切中我们现在大家隐蔽着的痼疾，尤其是很自负的所谓精神文明。现在我就再来输入，作为从外国药房贩来的一帖泻药罢。""著者所指摘的微温，中道，妥协，虚假，小气，自大，保守等世态，简直可以疑心是说着中国。尤其是凡事都做得不上不下，没有底力；一切都要从灵向肉，度着幽魂生活这些话。"

陶元庆设计封面，画面上是一裸女倚树而立，表情作惊愕状，树干上有"未名丛刊"字样，笔画多作三角形，富有装饰意味。

小约翰

封面署荷兰望·蔼覃著，鲁迅译；扉页署荷兰拂来特力克·望·蔼覃著，鲁迅重译。

北京未名社 1928 年 1 月初版，为"未名丛刊之一"，32 开毛边本，平装。

该书是鲁迅翻译的长篇童话小说。原作为德文，出版于 1887 年，全书分为 14 章，描写小约翰在梦幻中寻求幸福和光明、知识和真理的故事。

将《小约翰》译为中文，是鲁迅的夙愿。1906 年，鲁迅在日本弃医从文之后，曾在一本德文杂志上看到了《小约翰》的片段，非常喜爱，便委托丸善书店自德国订购，三个月后才得到原书。20 年之后的 1926 年 7 月 6 日，鲁迅在中山公园与齐寿山一起开始翻译，8 月 13 日译完。

对于这本书，鲁迅非常推崇，认为"是自己爱看，又愿意别人也看的书，于是不知不觉，遂有了翻成中文的意思。这意思的发生，大约是很早的，因为我久已觉得仿佛对于作者和读者，负着一宗很大的债了。"

翻译完成后，尚未整理和润色，鲁迅便离京南下厦门、广州，直到 1927 年 5 月 2 日，才把译稿整理完毕。

该书初版封面画由孙福熙绘制，一裸体儿童站在高山之下的海滨，昂首望月，书名和译者名均为仿童体美术字。1929 年未名社再版时，鲁迅亲自设计封面，图案采用勃仑斯的版画"妖精与小鸟"，书名为鲁迅题写。

思想◇山水◇人物

日本・鶴見祐輔・著

魯迅譯

一九二八年・上海北新書局印行

思想·山水·人物

署日本鹤见祐辅著，鲁迅译

上海北新书局 1928 年 5 月初版，32 开毛边本，平装。

该书是日本评论家鹤见祐辅的一部杂文集，收入作者旅居欧美期间的杂感、游记 31 篇。1925 年 2 月 13 日，鲁迅自东亚公司买到了这本书，4 月 14 日开始翻译，并陆续在《京报副刊》《民众周刊》《北新》《莽原》《语丝》等报刊发表。1928 年 4 月 3 日，鲁迅译完了其中的 20 篇，集为一书交北新书局李小峰出版。鲁迅在《题记》中认为："这书的归趣是政治，所提倡的是自由主义。我对于这些都不了然。只以为其中关于英美现势和国民性的观察，关于几个人物，如亚诺德，威尔逊，穆来的评论，都很有明快切中的地方，滔滔然如瓶泄水，使人不觉终卷。"

鲁迅：

壁下譯叢

上海北新書局印行

一九二九．

壁下译丛

署名鲁迅

上海北新书局 1929 年 4 月初版，32 开毛边本，平装。

该书是鲁迅在 1924 年至 1928 年间翻译的一部文艺论文集，收录日本和俄国作家、评论家论文 25 篇。其中的 17 篇曾发表于《语丝》《莽原》《小说月报》《大江月刊》《国民新报副刊》等报刊。

在该书的《小引》中，鲁迅回应了"革命文学家"对他的围攻："去年'革命文学家'群起而努力于'宣传'我的个人琐事的时候，曾说我要译一部论文。那倒是真的，就是这一本，不过并非全部新译，仍旧是曾经'横横直直，发表过的'居大多数，连自己看来，也说不出是怎样精采的书。但我是向来不想译世界上已有定评的杰作，附以不朽的，倘读者从这一本杂书中，于绍介文字得一点参考，于主张文字得一点领会，心愿就十分满足了。"

鲁迅设计封面并题写书名。关于封面上的图案，鲁迅说"是从日本书《先驱艺术丛书》上贩来的，原也是书面，没有署名，不知谁作，但记以志谢。"

盧那卡爾斯基著

藝術論

魯迅譯

艺术论

署卢那卡尔斯基著，鲁迅译。

上海大江书铺 1929 年 6 月初版，32 开毛边本，平装。

此书为苏联文艺理论家卢那卡尔斯基（现通译卢那察尔斯基）的艺术理论著作，收《艺术与社会主义》《艺术与产业》《艺术与阶级》《美及其种类》《艺术与生活》五篇，附《美学是什么》一篇。鲁迅据日本昇曙梦译本重译，1929 年 4 月 22 日译完，扉页署"鲁迅重翻"字样。

书前有鲁迅的小序，介绍了卢那卡尔斯基的身世、经历和创作，认为"他是革命者，也是艺术家，批评家"。评价此书"所论艺术与产业之合一，理性与感情之合一，真善美之合一，战斗之必要，现实底的理想之必要，执着现实之必要，甚至于以君主为贤于高蹈者，都是极为警辟的。"

该书封面由鲁迅亲自设计。

文藝與批評

LUNACHARSKY

著

魯迅訳

1929

水沫書店版

文艺与批评

署 LUNACHARSKY 著，鲁迅译

上海水沫书店 1929 年 10 月版。为"科学的艺术论丛书"之六，32 开毛边本，平装。

该书为苏联文艺理论家卢那卡尔斯基（现译卢那察尔斯基）的文艺评论集。收入《艺术是怎样地发生的》《托尔斯泰之死与少年欧罗巴》《托尔斯泰与马克斯》《今日的艺术与明日的艺术》《苏维埃国家与艺术》《关于科学底文艺批评之任务的提要》论文六篇，卷首有日本学者尾濑敬止所作《为批评家的卢那卡尔斯基》。鲁迅据日本学者金田常三郎、藏原惟人、茂森难士、杉本良吉等人的译文重译。

鲁迅于 1929 年 8 月 16 日夜间"于上海的风雨，啼哭，歌笑声中"，写下了《译者附记》，介绍了该书的内容和出处，指出"要豁然贯通，是仍须致力于社会科学这大源泉的，因为千万言的论文，总不外乎深通学说，而且明白了全世界历来的艺术史之后，应环境之情势，回环曲折地演了出来的支流。"

鲁迅翻译这本书的时候，正处于紧张忙碌和身体状况不佳的状态，为此，冯雪峰帮助校勘，改正了鲁迅译稿中的不少疏漏和失误之处。

该书作者像的彩色插页，是鲁迅特意通过李霁野从王菁士那里借来，挂号寄到上海印制而成。

该书封面由钱君匋设计。

小彼得

著·倫妙·爾至·H·利牙匈

畫·斯羅格·治喬·國德

譯霞許

一九二九

春潮書局印行

小彼得

署匈牙利 H·至尔·妙伦著，德国乔治·格罗斯画，许霞译

上海春潮书局 1929 年 11 月初版，36 开本，精装。

该书为德国女作家海尔密尼亚·至尔·妙伦的童话集，原名《小彼得的朋友们讲的故事》，1921 年由德国马利克出版社出版。全书由六篇内容连贯的童话故事组成，写穷孩子小彼得在病中听煤、火柴盒、水瓶、毯子、铁壶、破雪草等杂物讲述自己的经历，反映人类社会的不平等。鲁迅认为作者"致密的观察，坚实的文章，足够成为真正的社会主义作家之一人，而使她有世界的名声者，则大概由于那独创底的童话云。"

为了指导许广平学习日语，鲁迅特意选用这本书的林房雄日文译本。许广平在鲁迅的指导下，完成了这本书的翻译，鲁迅对译文进行了校改并作序。

关于翻译此书的初衷，鲁迅在序言中说："也许可以供成人而不失赤子之心的，或并未劳动而不忘勤劳大众的人们的一览，或者给留心世界文学的人们，报告现代劳动者文学界中，有这样的一位作家，这样的一种作品罢了。"

尽管署名许霞译，实际上是鲁迅在许广平译稿上的改译。由于许广平拘泥原文，不敢意译，因此读起来有些吃力，鲁迅于是"当校改之际，就大加改译了一通，比较地近于流畅了"。

该书封面由鲁迅亲自设计。

以民族底色彩為主

的

近代美術史潮論

日本板垣鷹穗著　　魯迅譯

一九二九年・上海北新書局重校印行

近代美术史潮论

署日本坂垣鹰穗著，鲁迅译

上海北新书局 1929 年初版，25 开本，分精装、平装两种。

该书为日本艺术评论家坂垣鹰穗的美术思想史专著，1927 年出版。当年 12 月 6 日，鲁迅到上海内山书店买到了这本书，次日即致信李小峰说："昨天偶然看见一本日本坂垣鹰穗做的，以'民族底色彩'为主的《近代美术史潮论》，从法国革命后直讲到现在，是一种新的试验，简单明了，殊可观。我以为中国正须有这一类的书，应该介绍。"随后并开始翻译，12 月 18 日即寄给李小峰部分译稿。1928 年 2 月 11 日，全书翻译完成。译文自 1928 年 1 月 1 日起在《北新》半月刊连载。

关于翻译此书的动因，鲁迅在《致〈近代美术史潮论〉的读者诸君》中说："我所以翻译这书的原因，是起于前一年多，看见李小峰君在搜罗《北新月刊》的插画，于是想，在新艺术毫无根柢的国度里，零星的介绍，是毫无益处的，最好是有一些统系。其时适值这《近代美术史潮论》出版了，插画很多，又大抵是选出的代表之作。我便主张用这做插画，自译史论，算作图画的说明，使读者可以得一点头绪。"

鲁迅亲自设计封面，以法国画家米莱的《播种》作为装饰，寓意将近代美术引入中国，使其生根、成长。

文艺理論小叢書

現代新興文学的諸問題

片上伸 著　魯迅 譯

大江書鋪

现代新兴文学的诸问题

署片上伸著，鲁迅译

上海大江书铺 1929 年 4 月初版，为陈望道所编"文艺理论小丛书"之一，48 开毛边本，平装。

该书是日本文艺批评家片上伸的一篇论文，原题《无产阶级文学的诸问题》，收录《三闲集》卷末附录的《鲁迅译著书目》中时，书名改为《无产阶级文学的理论与实际》。

在该书的《小引》中，鲁迅谈到了翻译这篇论文的动机："至于翻译这篇的意思，是极简单的。新潮之进中国，往往只有几个名词，主张者以为可以咒死敌人，敌对者也以为将被咒死，喧嚷一年半载，终于火灭烟消。如什么罗曼主义，自然主义，表现主义，未来主义……仿佛都已过去了，其实又何尝出现。现在借这一篇，看看理论和事实，知道势所必至，平平常常，空嚷力禁，两皆无用，必先使外国的新兴文学在中国脱离'符咒'气味，而跟着的中国文学才有新兴的希望——如此而已。"

文藝政策

蔵原·外村

輯

魯迅訳

1930

水沫書店版

魯迅譯

文艺政策

署藏原·外村辑，鲁迅译

上海水沫书店 1930 年 6 月初版，为"科学的艺术论丛书"之十三，32 开毛边本，平装。

该书为苏联文艺政策文件的汇集，内容包括《关于对文艺的党的政策》《观念形态战线和文学》《关于文艺领域上的党的政策》，附录为日本冈泽秀虎所作、冯雪峰翻译的《以理论为中心的俄国无产阶级文学发达史》。鲁迅据藏原惟人和外村史郎的日译本重译，时间在 1928 年 5 月至 1930 年 4 月 12 日。译文最初分期发表于《奔流》杂志。

鲁迅之所以翻译这本文件集，除了向国内文艺界介绍苏联文艺论争之外，就是希望人们能够从中得到借鉴，认为"从这记录中，可以看见在劳动阶级文学的大本营的俄国的文学的理论和实际，于现在的中国，恐怕是不为无益的。"

钱君匋设计封面。

藝術論

附二十年間的序文

PLEKHANOV

著

魯迅譯

1930

光華書局版

艺术论（附二十年间的序文）

署 PLEKHANOV 著，鲁迅译

上海光华书局 1930 年 7 月初版，为"科学的艺术论丛书"之一，32 开毛边本，平装。

该书为鲁迅翻译的俄国理论家蒲力汗诺夫（现通译普列汉诺夫）的文艺理论集。包括《论艺术》《原始民族的艺术》《再论原始民族的艺术》《论文集〈二十年间〉第三版序》。前三篇鲁迅据日本外村史郎的日译本并参考林柏的译本于 1929 年 10 月 12 日译完。《论文集〈二十年间〉第三版序》据日本藏原惟人所译的《阶级社会的艺术》重译。鲁迅在《译者附记》中称蒲力汗诺夫"是用马克斯主义的锄锹，掘通了文艺领域的第一个"。

在该书的《序言》中，鲁迅介绍了蒲力汗诺夫的生平和事业，认为"他的艺术论虽然还未能俨然成一个体系，但所遗留的含有方法和成果的著作，却不只作为后人研究的对象，也不愧称为建立马克斯主义艺术理论，社会学底美学的古典底文献的了。"

关于翻译该书的动机，鲁迅在《三闲集》的《序言》中是这样说的："我有一件事要感谢创造社的，是他们'挤'我看了几种科学底文艺论，明白了先前的文学史家们说了一大堆，还是纠缠不清的疑问。并且因此译了一本蒲力汗诺夫的《艺术论》，以救正我——还因我而及于别人——的只信进化论的偏颇。"

钱君匋设计封面。

ALEKSANDR FADEEV: 毀滅

魯迅譯·三閒書屋校印

毁灭

署 ALEKSANDERFADEEV（著），鲁迅译

32 开毛边本，平装。

该书为法捷耶夫描写苏联国内战争的长篇小说。1929 年下半年，鲁迅据日本藏原惟人的日译本开始翻译，1930 年 12 月 26 日译完。最初连载于《萌芽月刊》及《新地月刊》，后因刊物遭到查禁而中止。此后，鲁迅又据英译本、德译本参校一过。

此书最早由上海大江书铺 1931 年 9 月 30 日初版，因迫于当局压力，大江书铺避用"鲁迅"之名，改署"隋洛文译"，并删去《作者自传》《著作目录》，藏原惟人的《关于〈毁灭〉》，V. 弗理契的《代序：关于"新人"的故事》及鲁迅的《译者后记》。对此，鲁迅极为愤慨，决定以"三闲书屋"的名义，自费印行，恢复了译者本名和被删除的部分。

该书封面为鲁迅亲自设计，作者、书名之下为原书《袭击队员们》木刻插画，卷首有拉迪诺夫画法捷耶夫彩色像，扉页上的隶书"毁灭"二字，由鲁迅亲笔题写。

竖琴

署鲁迅编译

上海良友图书印刷公司 1933 年 1 月初版，32 开本，精装。

该书为鲁迅编译的 10 位苏联作家的短篇小说集，共计 10 篇。鲁迅据日译本翻译 7 篇，《老耗子》和《"物事"》为柔石译，《星华》为曹靖华译，为赵家璧编辑的"良友文学丛书之一"。

收入该书中的 10 篇小说，均为"同路人"作家的作品。所谓"同路人"，用鲁迅的话说，就是"因革命中所含有的英雄主义而接受革命，一同前行，但并无彻底为革命而斗争，虽死不惜的信念，仅是一时同道的伴侣罢了。"鲁迅对他们的评价是："他们虽非革命者，而身历了铁和火的试练，所以凡所描写的恐怖和战栗，兴奋和感激，易得读者的共鸣。"在《前记》中，鲁迅谈到了这本书的编辑："我向来是想介绍东欧文学的一个人，也曾译过几篇同路人作品，现在就合了十个人的短篇为一集，其中的三篇，是别人的翻译，我相信是很可靠的。"

该书为布面精装本，书名、编译者、良友徽标为凹印，书脊烫金。外加腰封，前面印马国良所绘鲁迅侧身头像，其广告语为："这是近三年来鲁迅先生从苏联数百名作家中所精慎选译的十篇，代表十个作家，全是同路人的作品。鲁迅先生译笔的忠实，是全国文坛所共知的事实。读了这册书，胜过读了数十册苏俄的小说集。"腰封后面印《一日的工作》广告，标明"本书的姊妹本""本丛书第八种 即日出版"字样。

作工的天一
譯編迅魯

良友文學叢書之四

作工的天一
譯編迅魯

這是編「豎琴」面選譯的最近蘇聯短篇小說集，代表八個普列塔利亞作家。形式的新穎，意識的真確，是大眾文藝的典型作品。

一天的工作

署鲁迅编译

上海良友图书印刷公司 1933 年 3 月初版，32 开本，精装。

该书与《竖琴》的性质类似，也是苏联十位作家的短篇小说集，共 10 篇。1929 年 10 月至 1932 年 9 月，鲁迅自日译本翻译其中的 8 篇，文尹（杨之华）自俄文翻译两篇。为赵家璧编辑的"良友文学丛书之四"。

这本书和《竖琴》是鲁迅原计划出版的《新俄小说家二十人集》中的上下册。1932 年 9 月 11 日，鲁迅在致曹靖华的信中说："近日与一书店接洽，出《新俄小说家二十人集》二本，兄之《星花》，即收在内，此外是它夫人译的两篇，柔石译的两篇，其余皆弟所译，有些是在杂志上发表过的，定于月底交稿。"（"它夫人"即瞿秋白夫人杨之华）。

该书收入苏联无产阶级作家的作品 8 篇，"同路人"的作品两篇。在《前记》中，鲁迅认为："在一九二七年顷，苏联的'同路人'已因受了现实的熏陶，了解了革命，而革命者则由努力和教养，获得了文学。但仅仅这几年的洗练，其实是还不能消泯痕迹的。我们看起作品来，总觉得前者虽写革命或建设，时时总显出旁观的神情，而后者一落笔，就无一不自己就在里边，都是自己们的事。"

该书的装帧设计，一如《竖琴》，前腰封鲁迅的木刻像，为徐梵澄所刻。其广告语为："这是继《竖琴》而选译的最近苏联短篇小说集，代表八个普罗列塔利亚（按：即无产阶级）作家。形式的新颖，意识的真确，是大众文艺的典型作品。"

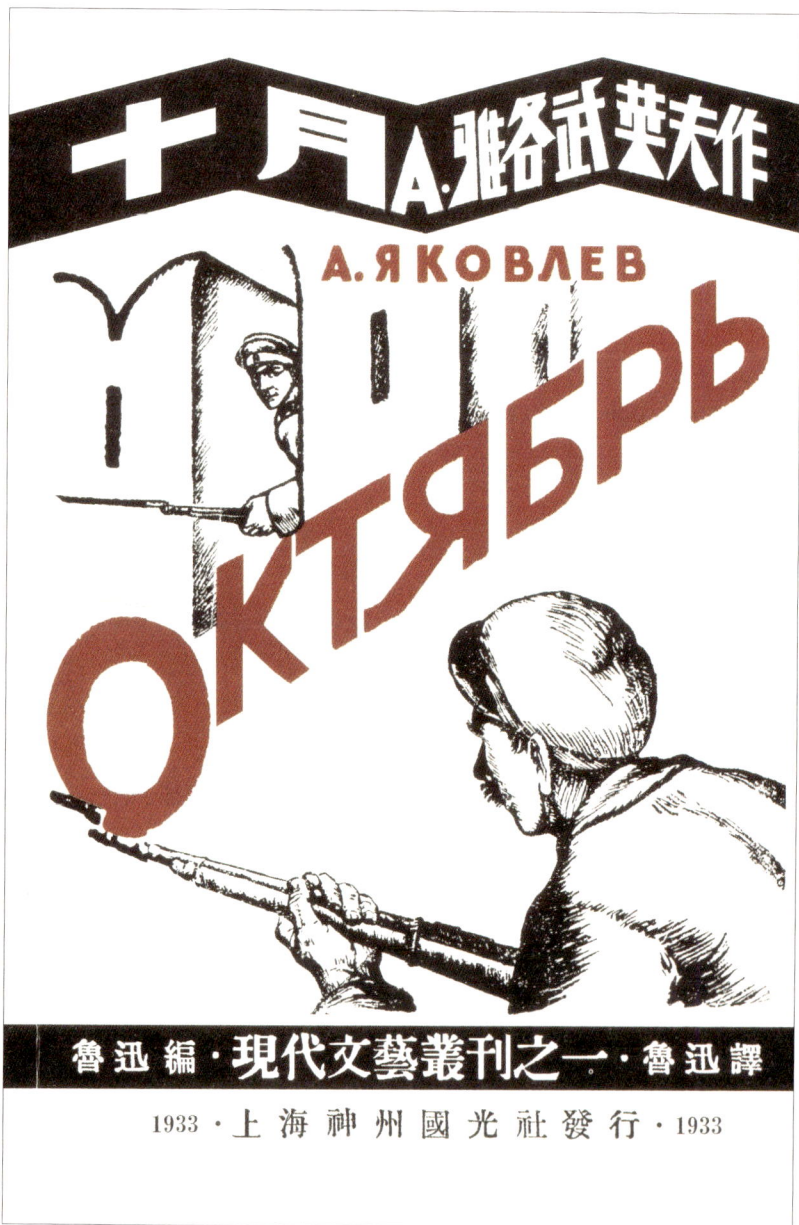

十月

署 A. 雅各武莱夫作，鲁迅译

上海神州国光社 1933 年 2 月初版，为鲁迅编"现代文艺丛刊之一"，32 开本，平装。

此书为苏联作家雅各武莱夫 1923 年所作的一部中篇小说，描写俄国十月革命时期莫斯科起义的流血斗争和革命胜利后广大群众投入恢复城市建设的高涨热情。小说共 28 章，鲁迅据日本井田孝平的日译本重译。译稿前三章最初连载于郁达夫编的《大众文艺》，在前两章的《译者附记》中，鲁迅谈到了翻译此书的用意所在："我译这篇的本意，既非恐怕自己没落，也非鼓吹别人革命，不过给读者看看那时那地的情形，算是一种一时的稗史，这是可以请有产无产文学家们大家放心的。"

《大众文艺》曾一度因郁达夫的离开而停刊，因此鲁迅也就中止了翻译。直到 1930 年 8 月 30 日才译完第 4 至 28 章和《作者自传》。在成书之前，鲁迅参照俄文原本，"将日译本上所无的每章标题添上，分章之处，也照原本改正，眉目总算较为清楚了。"

该书的封面，大概是按照俄文原版设计，扉页上特意注明"A.OSIPOVA 作书面"。

錶

L・班台莱耶夫作

勃鲁诺・孚克绘

鲁迅译

译文社印

生活書店發行

表

署 L·班台莱耶夫作，勃鲁诺·孚克绘，鲁迅译

上海生活书店 1935 年 7 月初版，为"译文丛书插画本"之一，20 开本，精装。

该书为苏联作家班台莱耶夫创作的一部中篇童话。内容描写苏联建国初期流浪儿彼蒂加在少年教养院的教育和感化下，将偷了一年的金挂表归还失主的故事。

1935 年 1 月 1 日至 12 日，鲁迅据德国柏林出版的爱因斯坦女士的德译本重译，同时参考了 1934 年日本东京乐浪书院出版的日本槙本楠郎的日译本《金时针》参校。

这是一本趣味盎然而且具有教育意义的童话，鲁迅翻译这本童话的目的，"第一，是要将这样的崭新的童话，绍介一点进中国来，以供孩子们的父母，师长，以及教育家，童话作家来参考；第二，想不用什么难字，给十岁上下的孩子们也可以看。"在致友朋的书信中，鲁迅也曾多次谈到这本童话。1935 年 1 月 8 日致郑振铎："我正在译童话，拟付《译文》，亦尚存希望于将来耳，呜呼！"21 日致萧军、萧红："前几天的病，也许是赶译童话的缘故，十天里译了四万多字，以现在的体力，好像不能支持了。但童话却已译成，这是流浪儿出身的 Panterejev 做的，很有趣。"

该书的译文先刊载于上海《译文》月刊第二卷第一期，附德译本孚克所作插图 22 幅。

该书为精装本，外加护封，封面由鲁迅提出设想，郑川谷执笔完成。

高爾基作

魯迅譯

話童的斯羅俄

俄罗斯的童话

署高尔基作，鲁迅译

上海文化生活出版社 1935 年 8 月初版，为"文化生活丛刊"第三种，32 开本，分精装、平装两种。

该书为苏联作家高尔基的童话集，包括 16 篇，以漫画笔法描写了沙皇俄国时代和立宪时期上至官僚政客，下至一般群众的种种生态。这些童话只有编号，没有题目。1934 年 9 月 14 日至 1935 年 4 月 17 日，鲁迅据日本高桥晚成日译本译出。前 9 篇以"邓当世"的笔名连载于《译文》，之后的各篇，由于被当局认为"意识欠正确"，未能继续刊出。

对于这本书标明"童话"的书，鲁迅在该书的《小引》中认为："虽说'童话'，其实是从各方面描写俄罗斯国民性的种种相，并非写给孩子们看的。"在为该书所撰的广告中，鲁迅又说："他所做的童话里，再三再四的教人不要忘记这是童话，然而又偏偏不大像童话。说是做给成人看的童话罢，那自然倒也可以，然而又可恨做的太出色，太恶辣了。""短短的十六篇，用漫画的笔法，写出了老俄国人的生态和病情，但又不只写出了老俄国人，所以这作品是世界的；就是我们中国人看起来，也往往会觉得他好像讲着周围的人物，或者简直自己的顶门上给扎了一大针。""要全愈的病人不辞热痛的针灸，要上进的读者也决不怕恶辣的书！"

该书为布面精装，文字凹印，外加护封，为"文化生活丛刊"统一格式。

黃源主編　譯文叢書

果戈理選集　五

死魂靈

魯迅　譯

文化生活出版社

死魂灵

署鲁迅译

上海文化生活出版社 1935 年 11 月初版，为黄源主编"译文丛书"之一种，大 32 开本，分精装、平装两种。

该书是俄国著名作家果戈理的长篇小说，副题为《乞乞科夫的经历》。鲁迅据柏林列柱门出版社的德译本《果戈理全集》五卷本第三卷《乞乞科夫历险记或死魂灵》重译，同时参考日本东京那乌卡社出版的日译本《果戈理全集》进行校正，1935 年 2 月 15 日开始翻译，9 月 28 日译完第一部；9 月 29 日开始翻译第一部附录，10 月 6 日译完；1936 年 2 月 25 日开始翻译第二部，并作译者附记，第三章尚未译完，鲁迅即因病去世。第一部译文先在《世界文库》连载，后出单行本。

由于健康的原因，鲁迅没有专门为《死魂灵》单行本写译者序言或后记，但在一些文章和书信中，曾多次提到《死魂灵》，称赞果戈理具有"伟大的写实本领"，认为书中的"许多人物，到现在还很有生气，使我们不同国度，不同时代的读者，也觉得仿佛写着自己的周围"，其"独特之处，尤其是在用平常事，平常话，深刻的显出当时地主的无聊生活"。

值得一提的是，在鲁迅所有的翻译作品中，《死魂灵》无疑是部头最大、翻译最为艰苦的一部，为此付出了汗水、痱子乃至健康与生命的代价。

该书为布面精装，由钱君匋设计，封面除果戈理签名外，未做任何装饰，以体现其简洁、大气、华贵。外加护封，上印果戈理版画半身像。

壞孩子

AP. 契訶夫作
和別的小說八篇

魯迅譯

文藝連叢之三 • 聯華書局發行

1 9 3 6

坏孩子和别的奇闻

署 A P. 契诃夫作，鲁迅译

上海联华书局 1936 年 10 月发行，为鲁迅所编"文艺连丛"之三，25 开本，平装。

该书封面作《坏孩子和别的小说八篇》，收俄国契诃夫创作的 8 篇小笑话。鲁迅据柏林世界出版社 1922 年出版的伊利亚斯堡编译的德文版《波斯勋章及别的奇闻》重译，并以日本中村白叶翻译的《契诃夫全集》相关部分参校。译文先在《译文》及《大公报·文艺》连载，1936 年 10 月以三闲书屋名义出版，由联华书局发行，书中附德译本玛修丁木刻插图八幅。

对于这八篇作品，鲁迅在《前记》中认为："这些短篇，虽作者自以为'小笑话'，但和中国普通之所谓'趣闻'，却又截然两样的。它不是简单的只招人笑，一读自然往往会笑，不过笑后总还剩下些什么，——就是问题。""这八篇里面，我以为没有一篇是可以一笑就了的。"除了该书的内容，鲁迅对于书中的插图也非常欣赏："大约译者的本意，是并不在严肃的绍介契诃夫的作品，却在辅助玛修丁（V.N.Massiutin）的木刻插画的。""我的翻译，也以绍介木刻的意思为多，并不著重于小说。"

该书封面由鲁迅亲自设计，书名用红字，突出"坏孩子"，选取书中《坏孩子》一篇的插图为背景。整体效果对比强烈，繁复中透着简洁明快。

近代世界短篇小說集 1

奇劍及其他

魯迅・梅川・眞吾・柔石譯

上海朝花社編印

奇剑及其他

署鲁迅、梅川、真吾、柔石译

上海朝花社 1929 年 4 月编印，上海合记教育用品社发行，列入"近代世界短篇小说集（1）"，32 开本，平装。

该书收入比利时、捷克、法国、匈牙利、苏联、犹太等国 10 位作家的 13 篇短篇小说，其中，鲁迅翻译 5 篇并作《小引》，在泛论短篇小说在文学创作中的地位及编印此集的缘起时说："在巍峨灿烂的巨大的纪念碑底的文学之旁，短篇小说也依然有着存在的充足的权利。"译者"有一点只要能培一朵花，就不妨做做会朽的腐草的近于不坏的意思。还有，是要将零星的小品，聚在一本里，可以较不容易于散亡。"

近代世界短篇小說集2

魯迅·梅川·真吾·柔石譯

在沙漠上

上海朝花社編印

1929

在沙漠上及其他

署鲁迅、梅川、真吾、柔石译

封面书名为《在沙漠上》。上海朝花社 1929 年 9 月编印，上海合记教育用品社发行，列入"近代世界短篇小说集（2）"，32 开本，平装。

该书收入捷克、法国、南斯拉夫、苏联、西班牙、犹太等国 11 位作家的 12 篇短篇小说，其中，鲁迅翻译 4 篇并作《小引》，指出翻译此书的目的"是要将零星的小品，聚在一本里，可以较不容易于散亡"，"只要能培一朵花，就不妨做做会朽的腐草。"

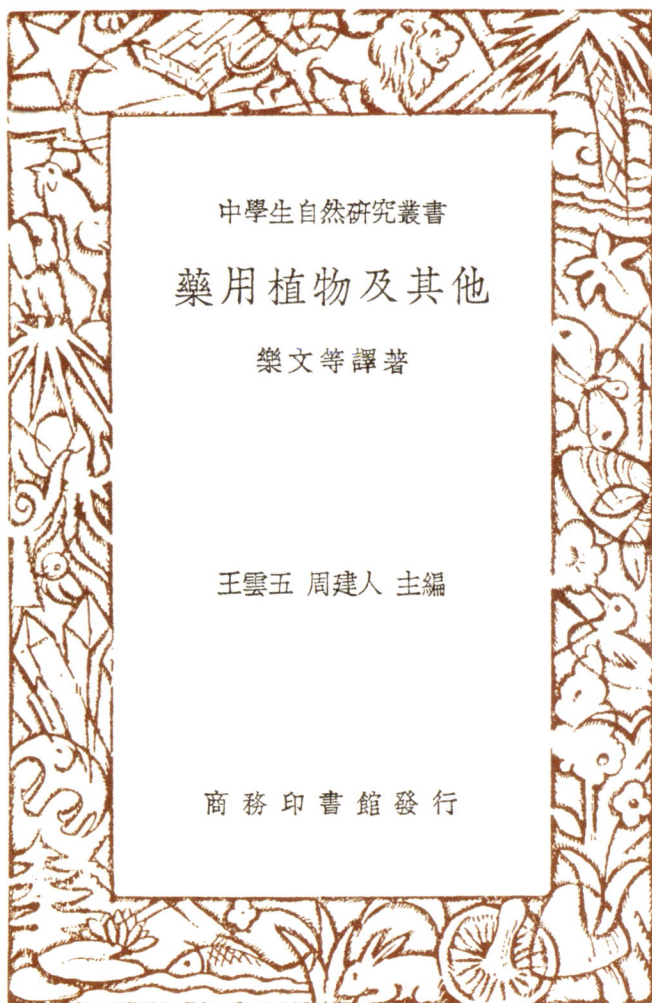

中學生自然研究叢書

藥用植物及其他

樂文等譯著

王雲五 周建人 主編

商務印書館發行

药用植物及其他

署乐文等译著

商务印书馆 1936 年 6 月初版，为王云五、周建人主编的"中学生自然研究丛书"之一，32 开本，平装。

鲁迅自幼对于花草植物有着浓厚的兴趣。1898 年曾写过《莳花杂志》，1910 年任绍兴府中学堂博物学教员期间，曾带学生到会稽山采集植物标本并著有《辛亥游录》，记录所观察到的草木，同时还抄录过《洛阳花木记》《金漳兰谱》《桐谱》《竹谱》《江南草木状》等。因此，鲁迅晚年翻译《药用植物》也是顺理成章。

该书分为上下两篇，上篇《药用植物》为日本植物学家刘米达夫所著，分为总说、主要药用植物和凡例三部分，鲁迅 1930 年 10 月 18 日译成，最初刊于当年《自然界》第五卷第九、十两期。下篇为《其他有用植物》，包括中国产的天然染料、漆树栽培法及制漆、龙眼及其栽培法、落花生和北方常见的几种食用蕈 5 篇，由许炳熙、陈阳均等著。

巴羅哈著

山民牧唱

人民文學出版社

山民牧唱

署巴罗哈著，鲁迅译

人民文学出版社 1953 年 4 月初版，32 开本，平装。

该书是西班牙作家巴罗哈的短篇小说集，描写居住在西班牙与法国毗连的比利牛斯山脉两侧的跋司珂族（通译巴斯克族）山民的生活。鲁迅自 1928 年至 1934 年间据日本《海外文学新选》第十三编笠井镇夫编译的《跋司珂牧歌调》翻译。

对于巴罗哈的作品，鲁迅给予了充分肯定，认为"巴罗哈是一个好手，由我看来，本领在伊巴涅支之上，中国是应该绍介的。""即如写山地居民跋司珂族（Vasco）的性质，诙谐而阴郁，虽在译文上，也还可以看出作者的非凡的手段来。"

书中包括 6 篇作品，鲁迅译成中文之后，除了其中两篇收入《在沙漠上》之外，其余均在《奔流》《译文》《新小说》等刊物发表。

自 1935 年起，鲁迅编辑了一套"文艺连丛"，其中就包括这本《山民牧唱》。为此，鲁迅专门拟了广告："《山民牧唱》 西班牙巴罗哈作，鲁迅译。西班牙的作家，中国大抵只知道伊本纳兹，但文学的本领，巴罗哈实远在其上。日本译有《选集》一册，所记的都是山地住民，跋司珂族的风俗习惯，译者曾选译数篇登《奔流》上，颇为读者所赞许。这是《选集》的全译。不日出书。"但是，《山民牧唱》未能如期出版，直到 1938 年，方由许广平收入《鲁迅全集》第 18 卷。

鞘枝之部

會稽郡故書雜集

会稽郡故书杂集

署"会稽周氏藏版"

绍兴许广记 1915 年 2 月刻印,线装本。

该书是鲁迅在 1909 年至 1914 年间辑录的乡邦文献集,收录谢承《会稽先贤传》、虞预《会稽典录》、钟离岫《会稽后贤传记》、贺氏《会稽先贤像赞》、朱育《会稽土地记》、贺循《会稽记》、孔灵符《会稽记》、夏侯曾先《会稽地志》八种,每种各有分序。前四种内容为记述古代会稽郡人物事迹,共 128 则;后四种主要记述其山川地理、名胜传说等,共 62 则。鲁迅辑录的这部书,主要来自唐宋类书及其他古籍,并进行了相互校勘补充。其以周作人为名所作《序》云:"会稽古称沃衍,珍宝所聚,海岳精液,善生俊异,而远于京夏,厥美弗彰。""而会稽故籍,零落至今,未闻后贤为之纲纪。乃刜就所见书传,刺取遗篇,絫为一袠。"

小說舊聞鈔

魯迅

1926

小说旧闻钞

署鲁迅编录

北京北新书局 1926 年 8 月初版，32 开毛边本，平装。

该书为鲁迅讲授中国小说史、编写《中国小说史略》时辑录的小说史料集，共 39 篇。其中前 35 篇是关于 38 种旧小说的史料，后 4 篇是关于小说源流、评刻、禁黜、杂说等方面的史料。书中附有鲁迅按语，大多是对小说故事来源、异说、订证等所作的结论。

关于此书的编集，鲁迅在该书的《再版序言》中说："《小说旧闻钞》者，实十余年前在北京大学讲《中国小说史》时，所集史料之一部。时方困瘁，无力买书，则假之中央图书馆、通俗图书馆、教育部图书室等，废寝辍食，锐意穷搜，时或得之，瞿然则喜，故凡所采掇，虽无异书，然以得之之难也，颇亦珍惜。迨《中国小说史略》印成，复应小友之请，取关于所谓俗文小说之旧闻，为昔之史家所不屑道者，稍加次第，付之排印，特以见闻虽隘，究非转贩，学子得此，或足省其复重寻检之劳焉而已。"

唐宋傳奇集

上　冊

鲁迅校錄

唐宋传奇集（上下）

署鲁迅校录

上海北新书局 1927 年 12 月上册初版，1928 年 2 月下册初版，32 开毛边本，平装。

该书为鲁迅辑校、考订唐宋传奇的一个选本，内容大多来自《文苑英华》《太平广记》《资治通鉴考异》《青琐高议》《百川学海》《说郛》《文房小说》《琳琅秘室全书》等。全书分为 8 卷，收唐宋单篇传奇小说 45 篇。卷首有鲁迅所作序例，卷末《稗边小缀》辑录有关作家作品资料，并对每篇传奇小说的出处做了必要的说明和考订。

该书为鲁迅用力甚勤的一部著作，从搜集资料到付梓出版，约有十五六年的时间，正如《序例》所言："自审所录，虽无秘文，而曩曾用心，仍自珍惜。复念近数年中，能悬悬顾及唐宋传奇者，当不多有。持此涓滴，注彼说渊，献我同流，比之芹子，或亦将稍减其考索之劳，而得玩绎之乐耶。"

陶元庆绘制封面，取法于汉画像石图案。

古小說鉤沈（上冊）

古小说钩沉（上下）

鲁迅全集出版社 1939 年 11 月初版，32 开本，平装。

该书是鲁迅辑校的古小说佚文集，共收自周至隋散佚小说 36 种。

辑佚古小说，是鲁迅早期的重要学术活动。正如他在该书的《序》中所说："余少喜披览古说，或见诋敚，则取证类书，偶会逸文，辄亦写出。""惜此旧籍，弥益零落，又虑后此闲暇者鲜，爰更比缉，并校定昔人集本，合得如干种，名曰《古小说钩沉》。"

尽管这是一部倾注了鲁迅大量心血的书，但出版并不顺利。1926年鲁迅在厦门大学任教时，曾建议校方印出，但未获准。1935 年，郑振铎在主编《世界文库》时，曾提议印行并刊出广告，鲁迅因考虑费时太多，读者太少而作罢。直到 1938 年才收入《鲁迅全集》第八卷。

俟堂專文雜集

俟堂专文杂集

署鲁迅编录

文物出版社 1960 年 3 月初版，8 开本，线装。

该书为鲁迅所藏古砖拓本文字的辑集，"专"同"砖"。"俟堂"为鲁迅笔名和斋号，取自《礼记·中庸》"君子居易以俟命"一语。

鲁迅早年，对于刻有文字、图案的古砖，有着浓厚的兴趣，曾下大力气在绍兴、北京一带搜集并拓印其中的文字、图案，1923 年，鲁迅与周作人失和后即搬出八道湾，同时将古砖拓本携往他处。1924 年 9 月 21 日，鲁迅将这些拓本编辑成册，其中收录汉魏六朝 170 件，隋 3 件，唐 1 件，分为五个部分，鲁迅亲笔题签并编定目录。所作题记中说："曩尝欲著《越中专录》，颇锐意蒐集乡邦专甓及拓本，而资力薄劣，俱不易致，以十余年之勤，所得仅古专二十余及打本少许而已。迁徙以后，忽遭寇劫，子身逭逃，止携大同十一年者一枚出，余悉委盗窟中。日月除矣，意兴亦尽，纂述之事，渺焉何期？聊集燹余，以为永念哉！"这篇题记的署名为"宴之敖者"，其意在说明与周作人失和的原因在于周作人夫人羽太信子。鲁迅曾对许广平说："宴从宀（家），从日，从女；敖从出，从放；我是被家里的日本女人逐出的。"

嵇康集

嵇康集

署鲁迅辑校

中华书局香港分局 1974 年 7 月版，18 开本，平装。

在鲁迅辑校的古籍作品中，《嵇康集》堪称用力最大、用功最勤的一部著作。早在 1913 年，在北京教育部任职的鲁迅就产生了重新辑校《嵇康集》的念头，并于同年 10 月 1 日从京师图书馆借得明吴匏庵丛书堂写本《嵇康集》，全本抄录用作校勘的底本。此后，又不断参照其他版本进行校勘、辑录，直至 1931 年方辑校完成，历时 18 年，校勘10 余次，成为迄今为止校雠认真、考订严谨的最完善的校本。鲁迅为此写了《〈嵇康集〉逸文考》《〈嵇康集〉著录考》《〈嵇康集〉序》《〈嵇康集〉考》《〈嵇康集〉跋》等学术性文字。

鲁迅之所以如此重视《嵇康集》，主要是出于对嵇康品格和文章的尊重敬仰，认为"嵇康的论文，比阮籍更好，思想新颖，往往与古时旧说反对。"

但是，这部凝结着鲁迅心血的著作在鲁迅生前却没有出版。直到1938 年才收入《鲁迅全集》第九卷。

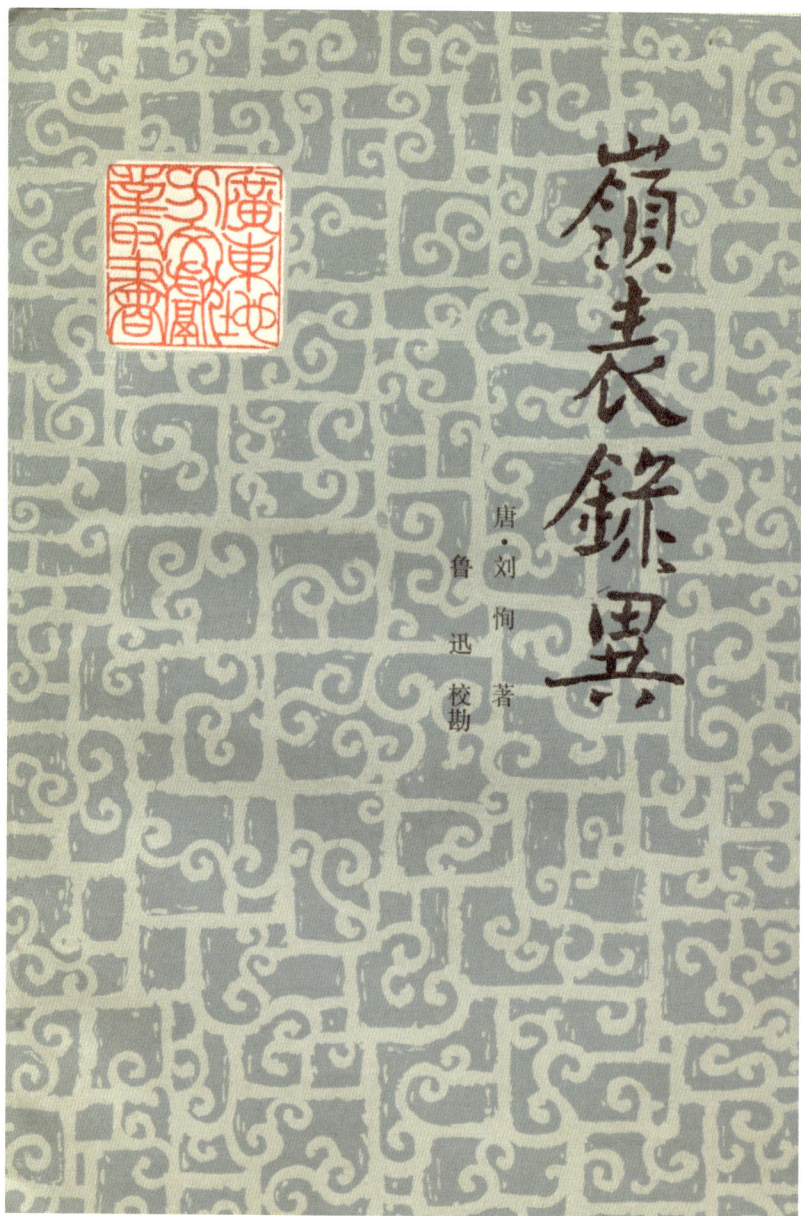

嶺表錄異

唐·刘恂 著

鲁迅 校勘

岭表录异

署唐·刘恂著，鲁迅校勘

广东人民出版社 1983 年 6 月初版，大 32 开本，平装。为"广东地方文献丛书"之一种。

该书是唐昭宗时期广州司马刘恂的一部记述岭南异物异事的地理著作，是了解唐代岭南道物产、民情的重要文献。该书原本久已失传，四库馆臣自《永乐大典》中辑出并印入"武英殿聚珍版丛书"。

该书根据鲁迅手稿整理、标点，承担者为王得后、叶淑穗、赵淑英和吕福堂。书前有北京鲁迅博物馆鲁迅研究室所写的前言，全面介绍了《岭表录异》的作者、内容、著录以及鲁迅的辑校情况。全书内容包括《四库全书》本提要，《岭表录异》卷上、卷中、卷下，《岭表录异》补遗和《岭表录异》校勘记。

书后附录《鲁迅校勘〈岭表录异〉所用古籍简介》。

书名为鲁迅手迹。

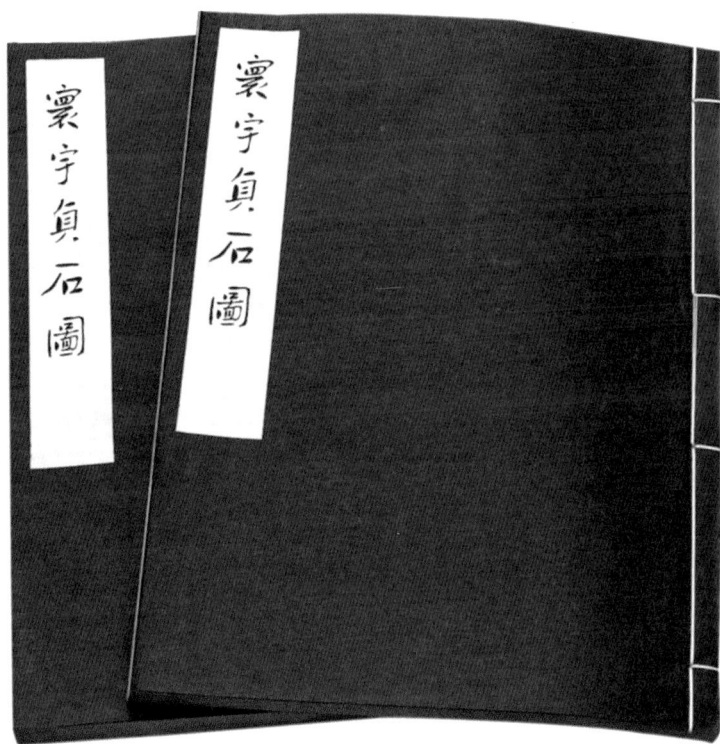

寰宇贞石图

署鲁迅重订

上海书画出版社 1986 年 10 月初版，8 开本，线装。

《寰宇贞石图》是清末杨守敬辑录的石刻拓片集，共 6 卷，所收以周秦汉魏唐宋碑刻、墓志为主，兼收高丽、日本碑刻数种，共 300 余种，缩小石印。1915 年，鲁迅曾借得该书，阅览后认为编辑"极草率"，经与其他版本比较，"又颇有出入，其目录又时时改刻，莫可究竟"。同年 8 月 3 日，鲁迅从琉璃厂敦古谊碑帖店购得该书散页 57 枚，于 1916 年 1 月 2 日新年假期对此书进行整理，"入冬无事，即尽就所有，略加次第，帖为五册"，并撰写总目及整理说明，各册又列有碑石名称、年代、地点等，最后作整理后记，谈到"审碑额、阴、侧，往往不具，又时杂翻刻本，殊不足凭信。以世有此书，亦聊复存之云尔。"1962 年 5 月，郭沫若在读过鲁迅的整理本之后，为之作序说："所谓'略加次第'，实一繁重之工作，以一人一手之烈，短期之内，得观其成，编者之毅力殊足惊人。全书系依年代先后编定，井井有条。研究历史者可作史料之参考，研究方法者可瞻文字之演变，裨益后人，实非浅显。"

书名为鲁迅手迹。

艺术之部

藝苑朝華

第一期·第一輯

近代木刻選集

— I —

朝花社選印

1929

近代木刻选集（一）

署朝花社选印

上海合记教育用品社 1929 年 1 月发行。为"艺苑朝华"第一期第一辑，16 开本，线装。

该书为鲁迅编选的外国木刻作品集，收英国、法国、意大利、瑞典、美国等木刻家作品 12 幅。鲁迅在《小引》中简述了中国木刻和欧洲木刻的关系，勾勒了欧洲木刻发展轮廓，说明了古代木刻和近代木刻创作的异同。卷末有鲁迅所作《附记》，对书中的作者和作品进行了评介。

对于外国木刻作品的引进、介绍，是鲁迅晚年所从事的一项重要活动，其目的在于"来扶植一点刚健质朴的文艺"。

"艺苑朝华"是以专辑画册的形式介绍外国美术作品的期刊，鲁迅为此亲拟广告，说"虽然材力很小，但要绍介些国外的艺术作品到中国来，也选印中国先前被人忘却的还能复生的图案之类。有时是重提旧时而今日可以利用的遗产，有时是挖掘现在中国时行艺术家的在外国的祖坟，有时是引入世界上的灿烂的新作。"

该书封面及装帧由鲁迅设计。重磅道林纸印制，16 开毛边本，活页线装，别具一格。

藝 苑 朝 華　　第 一 期 · 第 二 輯

蕗 谷 虹 兒 畫 選

朝 花 社 選 印
上 海 合 記 教 育 用 品 社 發 行
1929

蕗谷虹儿画选

署朝花社选印

上海合记教育用品社 1929 年 1 月发行。为"艺苑朝华"第一期第二辑，16 开本，线装。

该书收录日本画家、诗人蕗谷虹儿（1898—1979）的诗画作品 12 幅。鲁迅在该书所作的《小引》中概括了蕗谷虹儿的艺术特点，并说："虽然中国的复制，不能高明，然而究竟较可以窥见他的真面目了。""现在又作为中国几个作家的秘密宝库的一部份，陈在读者的眼前，就算一面小镜子，——要说得堂皇一些，那就是，这才或者能使我们逐渐认真起来，先会有小小的真的创作。"

鲁迅在《为了忘却的记念》一文中还提到："《蕗谷虹儿画选》，是为了扫荡上海滩上的'艺术家'，即戳穿叶灵凤这纸老虎而印的。"

鲁迅设计封面。

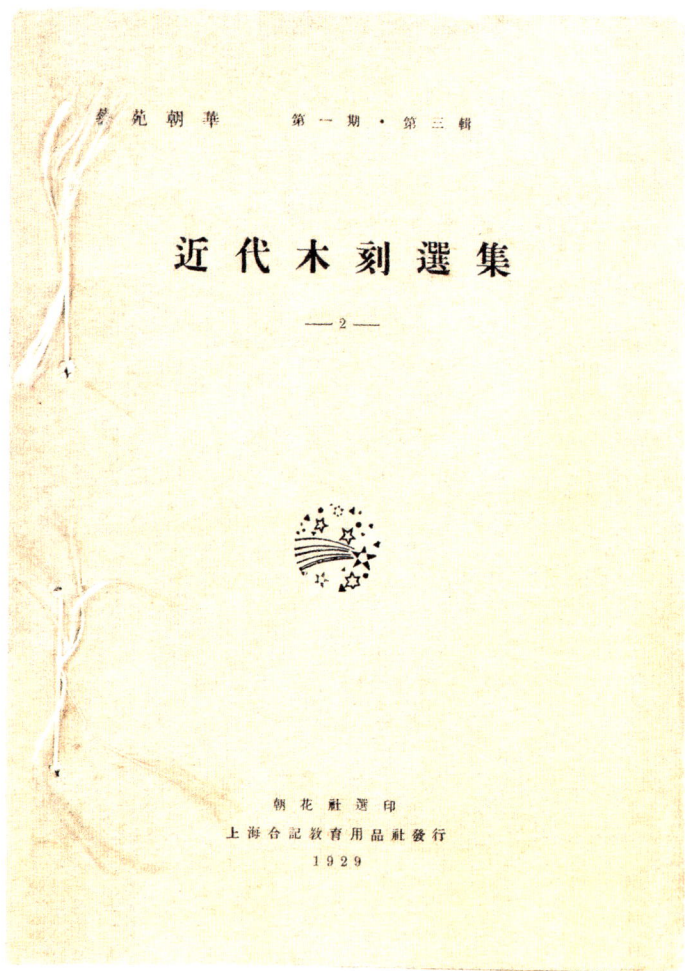

近代木刻选集（二）

署朝花社选印，上海合记教育用品社 1929 年 2 月发行。为"艺苑朝华"第一期第三辑，16 开本，线装。

该书为鲁迅编选的外国木刻作品集，收英国、法国、德国、俄国、美国、日本等木刻家作品 12 幅。

鲁迅在为该书所作的《小引》中阐释了复制木刻与创作木刻的区别，说明了"木口木刻"和"木面木刻"的差异，认为木刻是"力"的艺术，有"力之美"，只有"精力弥满的作家和观者，才会生出'力'的艺术来"。卷末为鲁迅所作《附记》，对木刻作者和作品进行了介绍和评析。

鲁迅设计封面。

藝苑朝華　第一期・第四輯

比亞茲萊畫選

朝花社選印
上海合記教育用品社發行
1929

比亚兹莱画选

署朝花社选印

上海合记教育用品社 1929 年 4 月发行。为"艺苑朝华"第一期第四辑，16 开本，线装。

该书为鲁迅编选的英国艺术家比亚兹莱（1872－1898）所作的装饰画集，收入《比亚兹莱自画像》《"阿赛王故事"的装画》等作品 12 幅。鲁迅在卷首以"朝花社"名义所作的《小引》中，介绍了比亚兹莱的生平和艺术，认为"视为一个纯然的装饰艺术家，比亚兹莱是无匹的。他把世上一切不一致的事物聚在一堆，以他自己的模型来使他们织成一致。""生命虽然如此短促，却没有一个艺术家，作黑白画的艺术家，获得比他更为普遍的名誉；也没有一个艺术家影响现代艺术如他这样的广阔。"

由于比亚兹莱为英国作家王尔德的独幕剧《莎乐美》所作的插画在中国翻印后，曾被叶灵凤等人抄袭仿造，对于这种做法，鲁迅极为反感，因此印行这本书也是"略供爱好比亚兹莱者看看他未经撕剥的遗容"。

鲁迅设计封面。

藝 苑 朝 華　　第 一 期·第 五 輯

新 俄 畫 選

朝 花 社 選 定

上 海 光 華 書 局 發 行

1930

新俄画选

署朝花社选印

上海光华书局 1930 年 5 月发行。为"艺苑朝华"第一期第五辑，16 开本，线装。

该书收入克林斯基、加斯切夫等所作绘画 7 幅，法复尔斯基、古泼略诺夫等所作木刻 5 幅。鲁迅在为该书所作的《小引》中简述了 19 世纪末至 20 世纪 30 年代苏俄美术流派的发展变化，同时说明了选印版画的初衷："多取版画，也另有一些原因：中国制版之术，至今未精，与其变相，不如且缓，一也；当革命时，版画之用最广，虽极匆忙，顷刻能办，二也。《艺苑朝华》在初创时，即已注意此点，所以自一集至四集，悉取黑白线图，但竟为艺苑所弃，甚难继续，今复送第五集出世，恐怕已是晌午之际了，但仍愿若干读者们，由此还能够得到多少裨益。"

鲁迅设计封面。

梅斐爾德木刻士敏土之圖

梅斐尔德木刻士敏土之图

上海三闲书屋 1931 年 2 月初版，8 开本，线装。

该书是鲁迅编印的德国美术家梅斐尔德为苏联作家革拉特珂夫小说《士敏土》（现通译《水泥》）所作的木刻插图 10 幅。鲁迅在为该书所作的《序言》中认为："这十幅木刻，即表现着工业的从寂灭中而复兴，由散漫而有组织，因组织而得恢复，自恢复而至盛大。也可以略见人类心理的顺遂的变形。"称梅斐尔德在德国"是一个最革命底的画家"，"他最爱刻印含有革命底内容的版画的连作"，其《士敏土》插图"示人以粗豪和组织的力量"。该书出版后，鲁迅又在广告中称此书中的木刻"气象雄伟，旧艺术家无人可以比方"；"黑白相映，栩栩如生，而且简朴雄劲，决非描头画角的美术家所能望其项背。"

鲁迅作装帧设计，为中国传统书样式，简洁大气，别有意趣。

木刻連環圖画故事
麥綏萊勒作
一個人的受難
魯迅序

一个人的受难

署麦绥莱勒作，鲁迅序

上海良友图书公司 1933 年 9 月初版，36 开本，精装。

该书为比利时版画家麦绥莱勒所作的木刻连环画册，共 25 幅。

画册描述一个被污辱的女性所生之子，因被遗弃偷面包而被捕，获释后依靠做修路工等谋生，在他人引诱下沉沦堕落，后进入工厂，读书自修，而且遇到了心上人，后在劳资冲突中充当先锋，被奸细告密而被枪杀。

1933 年春，良友图书公司编辑赵家璧在上海德国书店中购得此书及作者的另外三种木刻连环画，决定翻印出版。应赵家璧之请，鲁迅为该书作序，介绍了作者的生平、艺术风格和 25 幅木刻的内容，认为麦绥莱勒的"作品往往浪漫，奇诡，出于人情，因以收得惊异和滑稽的效果。独有这《一个人的受难》（Die Passion eines Menschen）乃是写实之作，和别的图画故事都不同。"

鲁迅之所以答应为本书作序，还有一层考虑就是为中国新生的版画力量提供有益的借鉴。他在致赵家璧的信中说："M. 氏的木刻黑白分明，然而最难学，不过可以参考之处很多，我想，于学木刻的学生，一定很有益处。"

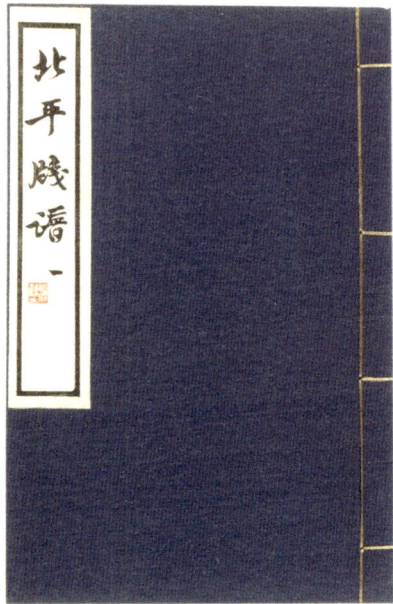

北平笺谱

署鲁迅、西谛编

北平荣宝斋 1933 年 12 月初版，12 开本，线装。

该书为鲁迅和西谛（郑振铎）合编的木版水印诗笺图谱，分为六卷，收入赵之谦、王振声、刘锡玲、林纾、陈师曾、姚茫父、齐白石、王梦白、陈半丁、溥心畬、吴待秋等所作花卉、山水、人物、蔬果等笺纸 334 枚。

1932 年冬季，鲁迅有北平之行，有感于笺纸这一传统艺术步入民国后的辉煌以及在西洋文化冲击下所面临的衰落之势，萌生了搜集、编选笺谱的念头。郑振铎积极响应，利用在北平任教之便，到琉璃厂一带广为搜罗，寄到上海请鲁迅选定，两人又分别作序，完成了这一中国木刻史上里程碑式的图谱，使得大量的笺纸样张借此得以保存。正如鲁迅在致郑振铎信中所说："实不独为文房清玩，亦中国木刻史上之一大纪念耳。"在为该书所作的《序》中，鲁迅再次申明了编印这部笺谱的良苦用心："则此虽短书，所识者小，而一时一地，绘画刻镂盛衰之事，颇寓于中；纵非中国木刻史之丰碑，庶几小品艺术之旧苑，亦将为后之览古者所偶涉欤。"

该书为传统线装书样式，鲁迅设计开本、版式及装订形式，沈兼士题签，沈尹默题写扉页，魏建功书写鲁迅序言及目录，郭绍虞书写郑振铎序言。

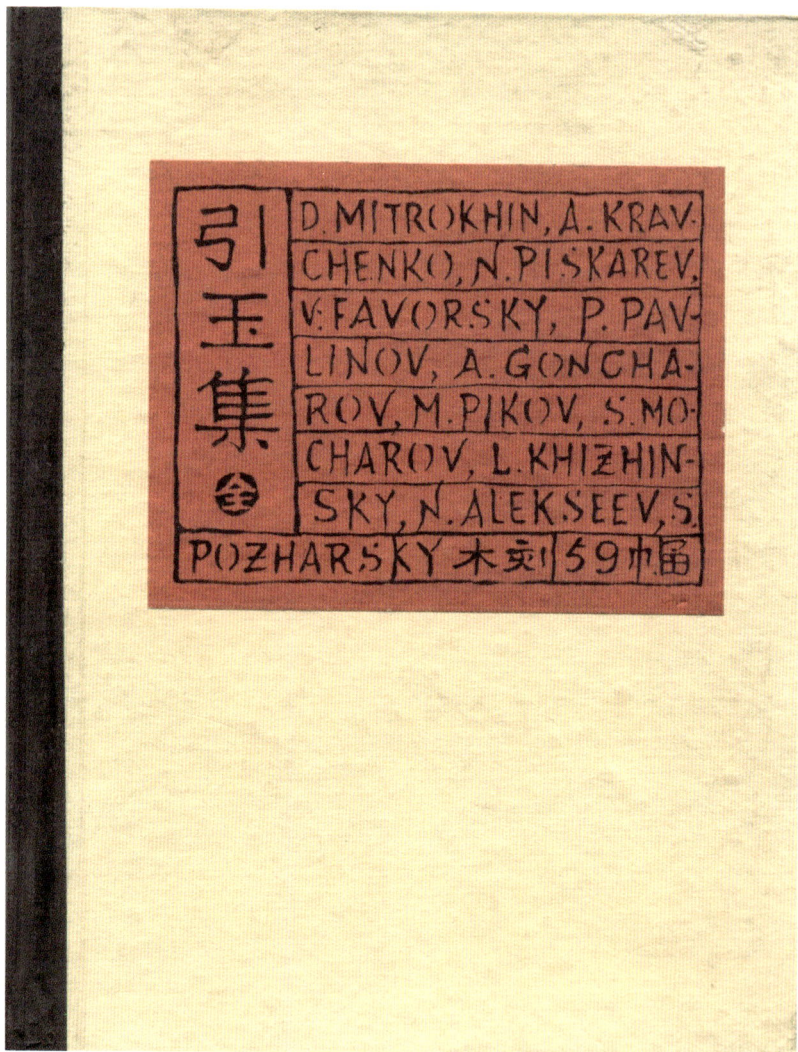

引玉集（全）

D. MITROKHIN, A. KRAV-
CHENKO, N. PISKAREV,
V. FAVORSKY, P. PAV-
LINOV, A. GONCHA-
ROV, M. PIKOV, S. MO-
CHAROV, L. KHIZHIN-
SKY, N. ALEKSEEV, S.
POZHARSKY 木刻 59 幅

引玉集

上海三闲书屋 1934 年 5 月初版，日本东京洪阳社珂罗版精印，28 开本，精装。

该书为鲁迅编辑的苏联 11 位版画家的木刻选集，收录作品 59 幅。

鲁迅对苏联版画家作品的收集，始于 1931 年校印曹靖华译《铁流》之时，他曾函请在苏联讲学的曹靖华搜集毕斯凯来夫所作木刻《铁流图》及其他木刻家的作品。不久，曹靖华将《铁流图》寄到，信中对鲁迅说木刻无须付款，只要给木刻家们寄些中国宣纸即可，因为适合木刻的拓印。鲁迅便选购了多种宣纸和日本纸通过曹靖华转给苏联的版画家们。此后，陆续收到这些版画家的作品原拓 109 幅，鲁迅遂选出其中的一部分编成了《引玉集》。其书名来历正如该书的《后记》中所说："我对于木刻的绍介，先有梅斐尔德（Carl Meffert）的《士敏土》之图；其次，是和西谛先生同编的《北平笺谱》；这是第三本，因为都是用白纸换来的，所以取'抛砖引玉'之意，谓之《引玉集》。"该书卷末为鲁迅所作《后记》，简述了搜求经过，着重介绍了其中 6 位版画家的传略，表示存有"这一种原版的木刻画，至有一百余幅之多，在中国恐怕只有我一个了"，担心一旦散失，"在我，是觉得比失了生命还可惜的"，因此"我便决计选出六十幅来，复制成书，以传给青年艺术学徒和版画的爱好者"。在文末，鲁迅还充满信心地说："对于木刻的绍介，已有富家赘婿和他的帮闲们的讥笑了。但历史的巨轮，是决不因帮闲们的不满而停运的；我已经确切的相信：将来的光明，必将证明我们不但是文艺上的遗产的保存者，而且也是开拓者和建设者。"

鲁迅设计封面并题写书名。

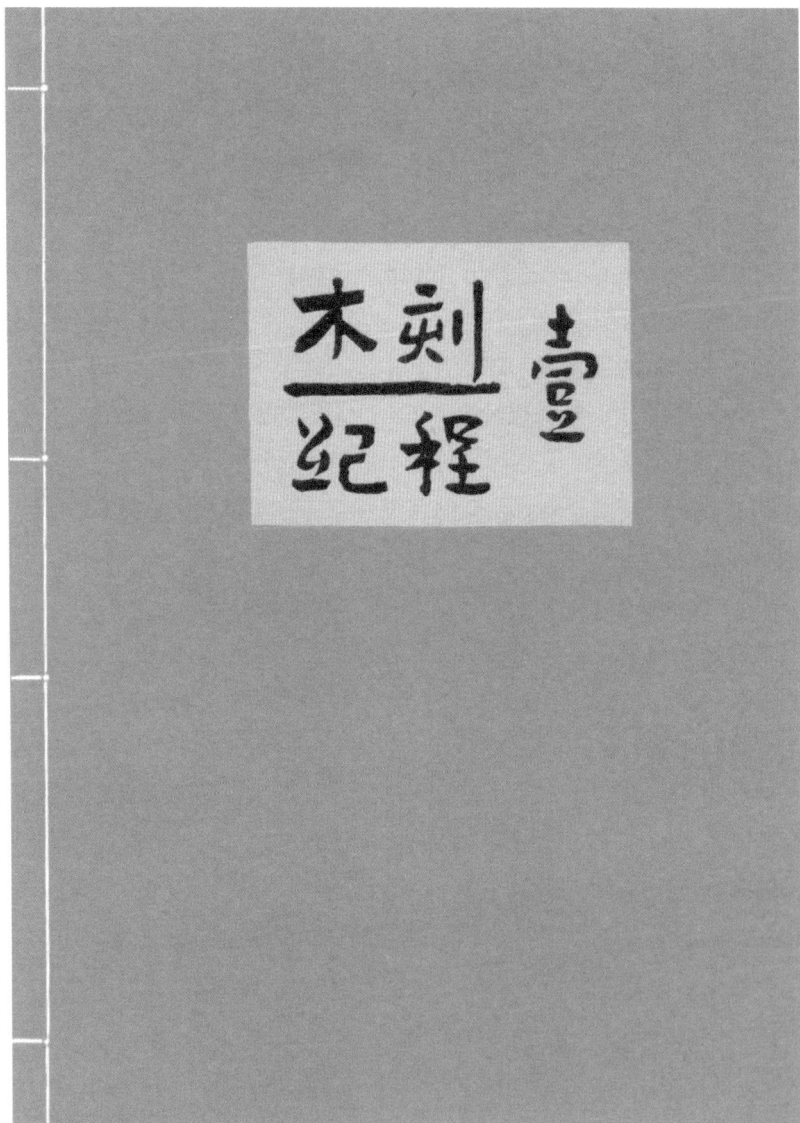

木刻
纪程

剞

壹

木刻纪程（壹）

上海铁木艺术社 1934 年 10 月初版，12 开本，线装。

该书为鲁迅编选的中国现代木刻选集，收录何白涛、陈烟桥、黄新波、张望、刘岘等 8 位青年木刻家的作品 24 幅。

关于编印这本木刻集的初衷，鲁迅在所作的《小引》中说："仗着作者历来的努力和作品的日见其优良，现在不但已得中国读者的同情，并且也渐渐的到了跨出世界上去的第一步。虽然还未坚实，但总之，是要跨出去了。不过，同时也到了停顿的危机。因为倘没有鼓励和切磋，恐怕也很容易陷于自足。本集即愿做一个木刻的路程碑，将自去年以来，认为应该流布的作品，陆续辑印，以为读者的综观，作者的借镜之助。"

在文末，鲁迅还对青年木刻家指明了方向："采用外国的良规，加以发挥，使我们的作品更加丰满是一条路；择取中国的遗产，融合新机，使将来的作品别开生面也是一条路。如果作者都不断的奋发，使本集能一程一程的向前走，那就会知道上文所说，实在不仅是一种奢望的了。"

鲁迅设计封面并题写书名。

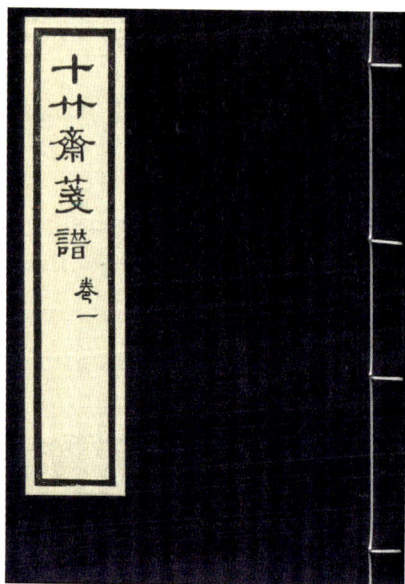

十竹斋笺谱

署（明）胡曰从辑

该书原为明代胡正言（字曰从）编印的木版水印花笺图谱，分为 4 卷，收录花笺 280 余幅，于明崇祯十七年（1644 年）印行，12 开本，线装。

无论过去还是将来，《十竹斋笺谱》都堪称中国木刻史上的巅峰之作，所采用的饾版、拱花工艺可谓精妙绝伦，罕有其匹。但此笺谱流传甚少，极为罕见，至民国期间几成海内孤本。为了复活这部古书，鲁迅与郑振铎据北平通州王孝慈所藏原版本，以"版画丛刊会"的名义合资覆刻重印。收到覆刻的样张后，鲁迅在致郑振铎的信中认为"颇有趣，翻刻全部，每人一月不过二十余元，我豫算可以担任，如先生觉其刻本尚不走样，我以为可以进行，无论如何，总可以复活一部旧书也。"

1934 年 12 月，该书第一册出版。由于覆刻工程难度甚大，鲁迅生前只看到第一册的出版，其余三册，直到 1941 年方全部完成。

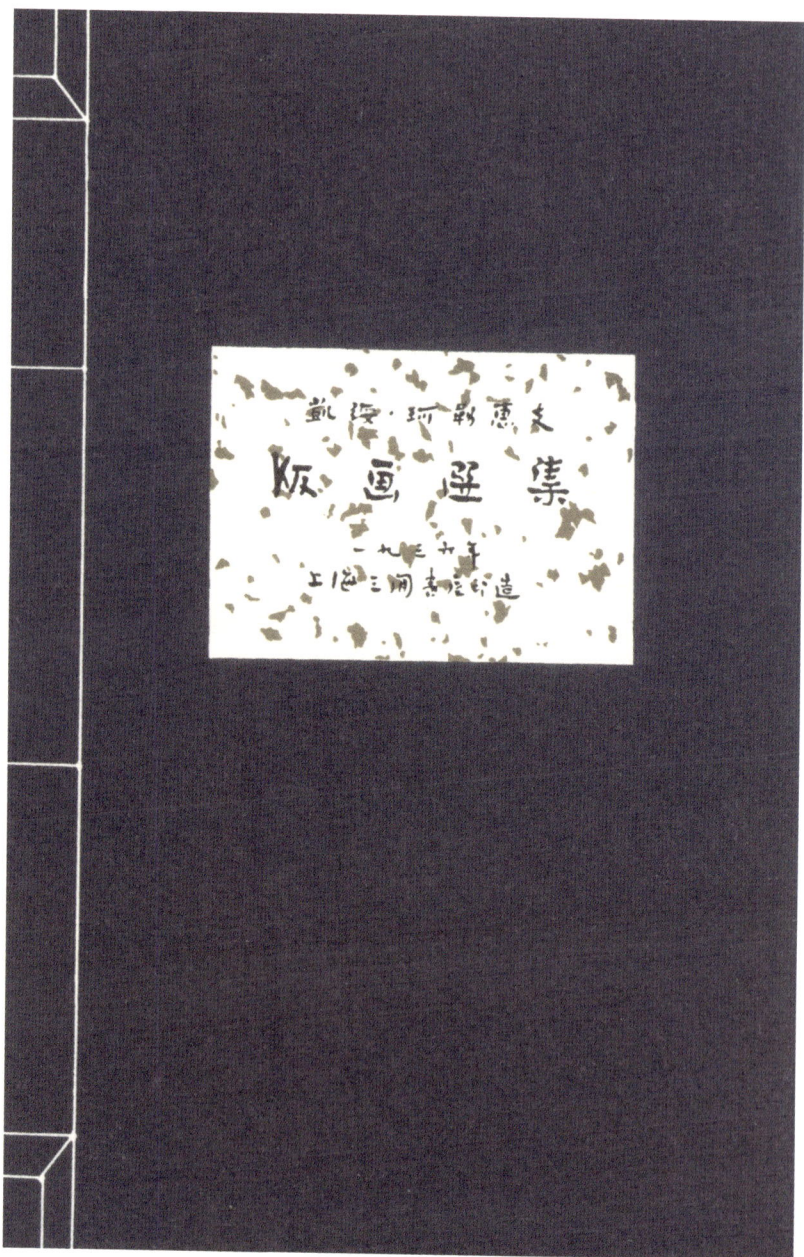

凯绥·珂勒惠支

版画选集

一九三六年
上海三闲书屋印造

凯绥·珂勒惠支版画选集

上海三闲书屋 1936 年 5 月初版，8 开本，线装。

该书为鲁迅出资选印的德国女艺术家凯绥·珂勒惠支的版画集。

对于珂勒惠支的艺术，鲁迅颇为推崇。1930 年 7 月 15 日，鲁迅托徐诗荃自德国购得凯绥·珂勒惠支作品集五种，次年又托史沫特莱向珂勒惠支本人求购版画原拓，1934 年 7 月 19 日又自商务印书馆购得《凯绥·珂勒惠支作品集》一册。在此基础上，鲁迅选出 21 幅版画编辑成书。在该书《序目》中，鲁迅详细介绍了珂勒惠支的生平，一一评价了作品的特色，认为"在女性艺术家之中，震动了艺术界的，现代几乎无出于凯绥·珂勒惠支之上——或者赞美，或者攻击，或者又对攻击给她以辩护。""只要一翻这集子，就知道她以深广的慈母之爱，为一切被侮辱和损害者悲哀，抗议，愤怒，斗争；所取的题材大抵是困苦，饥饿，流离，疾病，死亡，然而也有呼号，挣扎，联合和奋起。"

对于这部画集，鲁迅所付出的不仅仅是金钱的代价。他亲自选画、排序、添夹衬纸、设计封面、题写书名、撰写序目、联系印刷、托人装订，所有这些，在他给好友许寿裳的赠书题记中可见一斑："印造此书，自去年至今年，自病前至病后，手自经营，方得成就。"

尼古拉·果戈理 的

诗 篇

死 魂 靈

一 百 圖

A．阿庚畫　培爾耶爾特斯基刻

三閒書屋翻印

19·文化生活出版社發行·36

死魂灵一百图

署阿庚画，培尔那尔特斯基刻

1936 年 7 月，鲁迅以三闲书屋名义自费翻印，由上海文化生活出版社发行，16 开本，分精装、平装两种。

该书是一部俄罗斯作家果戈理小说《死魂灵》的版画插图集，收入俄罗斯版画家阿庚所作版画 103 幅，另附棱诃罗夫所作绘画 12 幅。

1935 年 11 月初，青年翻译家孟十还在一家旧书店里发现了一本 1893 年俄文版的《死魂灵一百图》，将这个消息告诉了鲁迅，鲁迅立即交给黄源 25 元转孟十还，将这部珍贵的原版书买下，随后决定翻印。

在为该书所作的《小引》中，鲁迅说明翻印此书的目的"除绍介外国的艺术之外，第一，是在献给中国的研究文学，或爱好文学者，可以和小说相辅，所谓'左图右史'，更明白十九世纪上半的俄国中流社会的情形，第二，则想献给插画家，借此看看别国的写实的典型，知道和中国向来的'出相'或'绣像'有怎样的不同，或者能有可以取法之处。"

苏联版画集

署鲁迅选编

上海良友图书公司 1936 年 10 月初版，28 开本，分精装、平装两种。

该书是鲁迅编选的一部苏联版画家的作品集，收入法复尔斯基、冈察罗夫、克拉甫兼珂、毕斯卡莱夫等人的作品 180 幅。

1936 年 2 月，苏联版画展览会在上海青年会开幕，展出苏联版画约 200 幅，一时观者踊跃，反响热烈，文化界人士纷纷建议上海良友图书公司出版一部画集。有鉴于此，赵家璧于 4 月 1 日致函鲁迅，请求编选原作并作序。4 月 7 日，鲁迅抱病前往良友公司选定作品。6 月 23 日，鲁迅请许广平将其发表于《申报》的《记苏联版画展览会》一文录出并记录其口述的四段文字，将两部分合在一起，成为《〈苏联版画集〉序》，序中认为这些作品反映了苏联社会主义建设的真实面貌，"令人抬起头来，看见飞机，水闸，工人住宅，集体农场"，"各各表现着真挚的精神"。称这些作品"真挚，却非固执，美丽，却非淫艳，愉快，却非狂欢，有力，却非粗暴；但又不是静止的，它令人觉得一种震动——这震动，恰如用坚实的步法，一步一步，踏着坚实的广大的黑土进向建设的路的大队友军的足音。"

俟堂石墨

序跋之部

癬學髟叟

疑古宦

痴华鬘

北京北新书局 1926 年 6 月初版，32 开本，平装。

该书为 98 则佛教寓言故事集，全称《百句譬喻经》，简称《百喻经》，由印度僧伽斯那撰，南朝齐僧人求那毗地译，王品青校点。

1926 年 5 月 12 日，鲁迅应王品青之请，为该书作题记，其中说到："佛藏中经，以譬喻为名者，亦可五六种，惟《百喻经》最有条贯。""王君品青爱其设喻之妙，因除去教诫，独留寓言；又缘经末有'尊者僧伽斯那造作《痴华鬘》竟'语，即据以回复原名，仍印为两卷。"

该书采用传统线装书形式设计，由钱玄同题签，署疑古写。内文以蓝色印制。

河典

何典

北京北新书局 1926 年 6 月初版，32 开本，平装。

《何典》又名《十一才子鬼话连篇录》，为清末过路人（张南庄）所作的一部中篇讽刺小说，分为十卷十回，光绪四年（1878）上海申报馆出版。刘复（半农）为之标点，请鲁迅作题记。鲁迅认为此书"谈鬼物正像人间，用新典一如古典"，作者"在死的鬼画符和鬼打墙中，展示了活的人间相，或者也可以说是将活的人间相，都看作了死的鬼画符和鬼打墙。便是信口开河的地方，也常能令人仿佛有会于心，禁不住不很为难的苦笑。"但是，鲁迅对于刘半农将原书粗俗的文字删去，代之以空格的做法不以为然，说"校勘有时稍迁，空格令人气闷，半农的士大夫气似乎还太多"。

尘影

署黎锦明著

上海开明书店 1927 年 12 月初版，32 开本，平装。

该书是作者的一部中篇小说，描写 1927 年"四一二"前后，南方某县城成立"县执行委员会"和"农工纠察队"，斗争地主豪绅，国民党随即发动"清党"，镇压工农群众、杀害县执行委员会主席的故事，反映了第一次国内革命战争从高潮到低潮的一个侧面。1927 年 12 月 7 日，鲁迅经叶圣陶引介，应作者之请为该书作序。序中说："在我自己，觉得中国现在是一个进向大时代的时代。但这所谓大，并不一定指可以由此得生，而也可以由此得死。""我看见一篇《尘影》，他的愉快和重压留与各色的人们。"

钱君匋设计封面。

游仙窟

瞿古玄同 題

游仙窟

署宁州襄乐县尉张文成作

上海北新书局 1929 年 2 月初版，32 开本，平装。

该书是唐代张文成所作的一部传奇小说，全书文词艳丽，骈散相间。1926 年，矛尘（章廷谦）在鲁迅的指导下，以日本保存的版本和流入朝鲜的另一日本刻本为参照，将此书重新校订标点，鲁迅为之校对，并作序以示肯定和支持。认为"今矛尘将具印之，而全文始复归华土。不特当时之习俗如酬对舞咏，时语如瞋眡婪媟，可资博识；即其始以骈丽之语作传奇，前于陈球之《燕山外史》者千载，亦为治文学史者所不能废矣。"

该书封面为日本刻本插图，由疑古玄同（钱玄同）题签。

作蓁永葉

小小十年

行發局書潮春海上

小小十年

署叶永蓁著

上海春潮书局 1929 年 8 月初版，32 开本，平装。

该书为自传体长篇小说，描写主人公在大革命时期从对婚姻不满到对社会不满的转变过程。鲁迅在《小引》中认为该书是"一个青年的作者，以一个现代的活的青年为主角，描写他十年中的行动和思想的书。""旧的传统和新的思潮，纷纭于他的一身，爱和憎的纠缠，感情和理智的冲突，缠绵和决撒的迭代，欢欣和绝望的起伏，都逐着这'小小十年'而开展，以形成一部感伤的书，个人的书。"在《小引》中，鲁迅对该书给予了很高的评价："他描出了背着传统，又为世界思潮所激荡的一部分的青年的心，逐渐写来，并无遮瞒，也不装点，虽然间或有若干辩解，而这些辩解，却又正是脱去了自己的衣裳。至少，将为现在作一面明镜，为将来留一种记录，是无疑的罢。"

石柔

月二

二月

署柔石著

上海春潮书局 1929 年 11 月版，32 开本，平装。

鲁迅校订并作《小引》。该书为柔石的长篇小说，描写知识分子萧涧秋在乡下任教期间，出于对寡妇文嫂母子的同情，决定割舍与女友的恋情而与文嫂结合，之后受到周围恶势力的攻击和排挤，导致文嫂自缢身亡，萧涧秋不得不离开学校的悲剧结局。鲁迅在序中对这部作品进行了全面评价，认为作者以"工妙的技术"，写出了"近代青年中这样的一种典型"："他极想有为，怀着热爱，而有所顾惜，过于矜持，终于连安住几年之处，也不可得。他其实并不能成为一小齿轮，跟着大齿轮转动，他仅是外来的一粒石子，所以轧了几下，发几声响，便被挤到女佛山——上海去了。"在书中可以看见"冲锋的战士，天真的孤儿，年青的寡妇，热情的女人，各有主义的新式公子们，死气沉沉而交头接耳的旧社会"。

该书由鲁迅介绍出版并代垫印书的纸张费。

陶元庆设计封面。

浮士德与城

A.V.盧那卡爾斯基作

鲁迅編·現代文藝叢書之一·柔石訳

神州國光社出版

浮士德与城

署 A.V. 卢那卡尔斯基作，柔石译

上海神州国光社 1930 年 9 月初版，32 开本，平装。为鲁迅编"现代文艺丛书之一"。

该书为苏联作家卢那察尔斯基创作的剧本，全剧包括序幕共 12 幕，取材于歌德《浮士德》第二幕结尾情节并加以引申，叙述浮士德创建自由城——托洛志堡，实行专制统治，遭到反对后，退下王位，并将权力归还人们的故事。柔石翻译完成后，鲁迅对译本进行了校订，并从日本《艺术战线》中节译尾瀬敬止所作《〈浮士德与城〉作者小传》附在译本之后。同时，鲁迅还以编者的名义作《〈浮士德与城〉后记》。其中提到："因为新的阶级及其文化，并非突然从天而降，大抵是发达于对于旧支配者及其文化的反抗中，亦即发达于和旧者的对立中，所以新文化仍然有所承传，于旧文化也仍然有所择取。这可说明卢那卡尔斯基当革命之初，仍要保存农民固有的美术；怕军人的泥靴踏烂了皇宫的地毯；在这里也使开辟新城而倾于专制的——但后来是悔悟了的——天才浮士德死于新人们的歌颂中的原因。"

静こ的顿河

M. 唆羅訶夫作

賀　非　譯

1

現代文藝叢書之一

魯　迅　編

上海神州國光社發行

1 9 3 0

静静的顿河

署 M. 唆罗诃夫作，贺非译

上海神州国光社 1931 年 10 月初版，32 开本，平装。为鲁迅编辑的"现代文艺丛书之一"。

该书为苏联作家唆罗诃夫（今译肖洛霍夫）所著的长篇小说，小说以 1914 年第一次世界大战前夕到 1922 年苏联国内革命战争结束为历史背景，反映了这一历史时期新旧事物的尖锐冲突和人民群众的历史命运。

小说为四卷本。贺非（赵广湘）曾译出该书第一卷的上半部，鲁迅为之校订并作《后记》，认为该书"风物既殊，人情复异，写法又明朗简洁，绝无旧文人描头画角，宛转抑扬的恶习，华斯珂普所说的'充满着原始力的新文学'的大概，已灼然可以窥见。"

鲁迅设计封面并题写书名。

匈牙利民間故事詩

勇敢 的 約翰

裴多菲·山大作

孫用譯

湖風書局印行

勇敢的约翰

署裴多菲·山大作，孙用译

上海湖风书局 1931 年 11 月初版，32 开本，平装。

该书是匈牙利诗人裴多菲的长篇童话叙事诗，该诗以匈牙利流行的民间传说为题材，描写贫苦牧羊人约翰勇敢机智的斗争故事。早在 1908 年，鲁迅在《摩罗诗力说》中介绍裴多菲时就说："所著长诗，有《英雄约诺斯》一篇，取材于古传，述其人悲欢畸迹。"1929 年春，孙用据匈牙利考罗卓的世界语译本将其中的 26 章转译为中文，寄给鲁迅求教。6 月 16 日，鲁迅因其译文不全而退还。9 月 24 日，孙用又将全译本寄给鲁迅，鲁迅阅读全文后于 11 月 8 日复信，认为"译文极好，可以诵读"。之后，鲁迅多方奔走，为这部译作接洽发表和出版，最终为湖风书局接受。在出版前，鲁迅从校阅译稿、选配插图、设计封面、联系印刷，都是亲力亲为。此外，鲁迅还写了《〈勇敢的约翰〉校后记》，认为"译文的认真而且流利，恰如得到一种奇珍"。

A. SERAFIMOVICH : 鐵流

曹靖華譯·三閒書屋校印

铁流

署 A.SERAFIMOVICH 著，曹靖华译

上海三闲书屋 1931 年 12 月初版。

该书是苏联作家绥拉菲摩维支的一部长篇小说。小说描写苏联国内革命战争时期一支游击队在布尔什维克领导下，在同白军和外国侵略者斗争中成长的故事。

此书原拟交神州国光社出版，但由于其内容的敏感，当局的压迫，使得神州国光社中止了合同，为此，鲁迅只得以三闲书屋的名义自费印行。

该书由史铁儿（瞿秋白）作译本序，鲁迅作编校后记，详细介绍了该书出版的曲折经历，指出"我们这一本，因为我们的能力太小的缘故，当然不能称为'定本'，但完全实胜于德译，而序跋，注解，地图和插画的周到，也是日译本所不及的。只是，待到攒凑成功的时候，上海出版界的情形早已大异从前了：没有一个书店敢于承印。在这样的岩石似的重压之下，我们就只得宛委曲折，但还是使她在读者眼前开出了鲜艳而铁一般的新花。"并表示"愿意读者知道：在现状之下，很不容易出一本较好的书，这书虽然仅仅是一种翻译小说，但却是尽三人的微力而成，——译的译，补的补，校的校，而又没有一个是存着借此来自己消闲，或乘机哄骗读者的意思的。"

该书出版时，鲁迅亲撰广告，称此书"意识分明，笔力坚锐，是一部纪念碑的作品，批评家多称之为'史诗'。"

鲁迅选择插图并以毕斯凯莱夫的一幅版画作为封面装饰。

V.V.伊凡諾夫作

鐵甲列車 Nr. 14-69

魯迅編·現代文藝叢刊之一·侍桁譯

神州國光社出版

铁甲列车 Nr.14-69

署 V.V. 伊凡诺夫作，侍桁译

上海神州国光社 1932 年 8 月初版，32 开本，平装。为鲁迅编"现代文艺丛刊之一"。

该书为苏联作家伊凡诺夫的一部中篇小说，内容描写苏联国内战争期间，西伯利亚工人农民组成游击队，同高尔察克白匪军进行斗争的故事。1930 年 4 月，鲁迅为神州国光社编辑介绍新俄文艺作品的"现代文艺丛刊"，选定书目 10 种，该书列为第五种，由韩侍桁翻译。鲁迅据日译本、德译本进行校订并作《〈铁甲列车 Nr.14-69〉译本后记》，其中提到："关于巴尔底山的小说，伊凡诺夫所作的不只这一篇，但这一篇称为杰出。巴尔底山者，源出法语，意云'党人'，当拿破仑侵入俄国时，农民即曾组织团体以自卫。"1934 年，鲁迅在回答国际文学社的提问时，再次提到这部小说并道出了引进的初衷："我觉得现在的讲建设的，还是先前的讲战斗的——如《铁甲列车》，《毁灭》，《铁流》等——于我有兴趣，并且有益。我看苏维埃文学，是大半因为想绍介给中国，而对于中国，现在也还是战斗的作品更为紧要。"

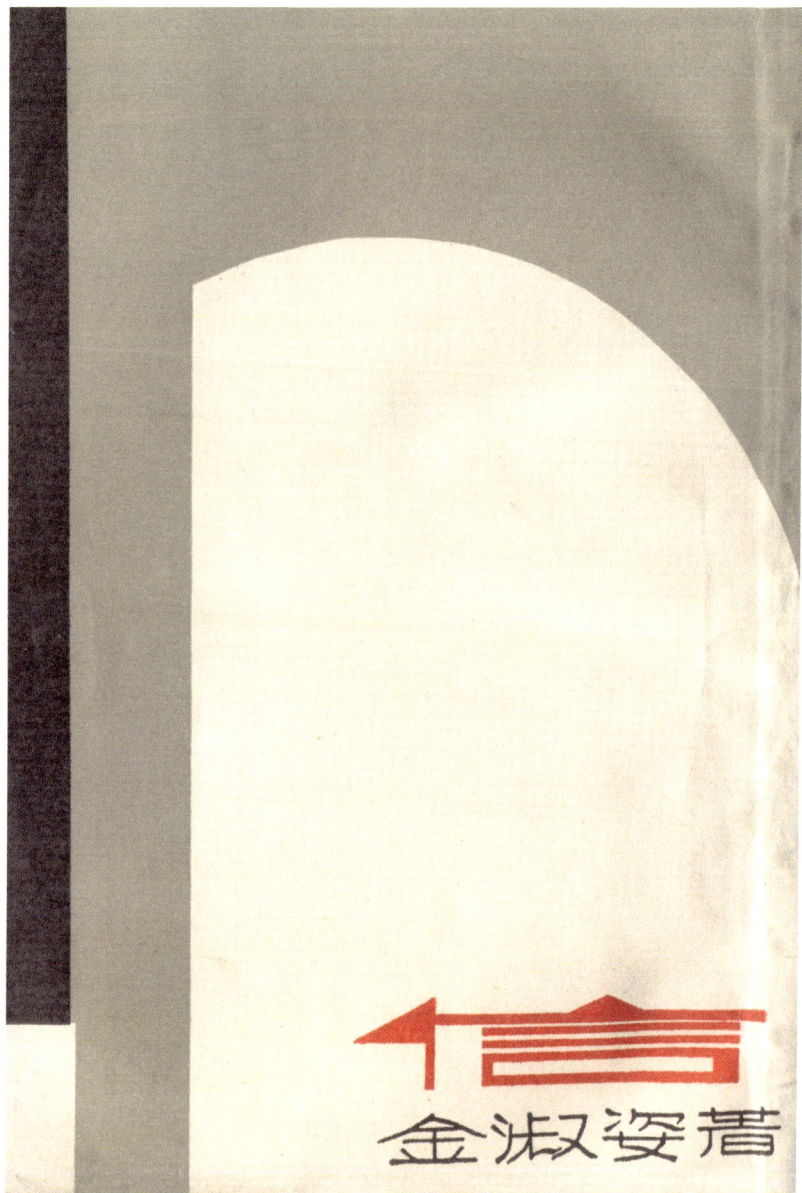

信

金淑姿著

信

署金淑姿著，程鼎兴辑

上海新造社 1932 年 9 月初版，北新书局发行。为"断虹室丛书"之一种，32 开本，平装。

该书收入金淑姿自 14 岁至 23 岁临终前写给恋人程鼎兴的书信 122 封，是作者爱情由萌发到枯萎的记录。程鼎兴辑录成书后，托费慎祥请鲁迅作序。鲁迅在序中对作者金淑姿的遭遇深表同情，认为此书"文无雕饰，呈天真之纷纶，事具悲欢，露人生之鳞爪，既欢娱以善始，遂凄恻而令终。诚足以分追悼于有情，散余悲于无著者也。"

萧伯纳在上海

歡迎

先 M. G. Bernard Shaw

樂雯剪貼翻譯并編校
魯　迅　序

自由談（上）

海潮

歡迎蕭伯納

歡迎蕭伯納

介紹
蕭伯納名箸兩種
社會主義與資本

賣花女

WELCOME SHAW
Anti-Imperialists" At The
Customs Jetty
WITH ADELPHI SAGE

Chinese Press
Skeptical Of
Shavian Ideas

МЫ И ШО

野草書屋印行
1933

萧伯纳在上海

署乐雯剪贴翻译并编校，鲁迅序

上海野草书屋 1933 年 3 月初版，32 开本，平装。

乐雯即瞿秋白借用鲁迅的笔名。该书是 1933 年 2 月 17 日英国作家萧伯纳在上海逗留期间，上海的中外各种报纸对萧伯纳的评论和报道。全书分为五部分：（一）欢迎；（二）吓萧的国际联合战线；（三）政治的凹凸镜；（四）萧伯纳的真话；（五）萧伯纳及其批评。鲁迅在序中说明了辑录本书的动机、目的和价值，认为"萧在上海不到一整天，而故事竟有这么多，倘是别的文人，恐怕不见得会这样的。这不是一件小事情，所以这一本书，也确是重要的文献。在前三个部门之中，就将文人，政客，军阀，流氓，叭儿的各式各样的相貌，都在一个平面镜里映出来了。"

该书是鲁迅创议，由瞿秋白编校，在鲁迅、许广平、杨之华共同协助下完成的。

野草書屋印行·文藝連叢之一

蕭文畫

不走正路的安得倫

A 聶維洛夫作　靖華譯

1933

不走正路的安得伦

署 A 聂维洛夫作，靖华译

上海野草书屋 1933 年 5 月初版，32 开本，平装。

该书是曹靖华翻译的苏联作家聂维洛夫的中篇小说，收入鲁迅编辑的"文艺连丛"。1931 年 12 月 25 日，鲁迅收到曹靖华寄来的该书修正译稿，原拟收入《苏联作家二十人集》，后改出单行本。鲁迅在《文艺连丛——的开头和现在》广告中这样介绍作者和《不走正路的安得伦》："作者是一个最伟大的农民作家，描写动荡中的农民生活的好手，可惜在十年前就死掉了。这一个中篇小说，所叙的是革命开初，头脑单纯的革命者在乡村里怎样受农民的反对而失败，写得又生动，又诙谐。"鲁迅还高度评价了曹靖华的译文及书中的插图："译者深通俄国文字，又在列宁格拉的大学里教授中国文学有年，所以难解的土话，都可以随时询问，其译文的可靠，是早为读书界所深悉的，内附蔼之的插画五幅，也是别开生面的作品。"

为了向广大读者推介此书，鲁迅专门写了《小引》，介绍了作者的经历、对于作者的有关评论、作品梗概以及译者和插图的情况。

文藝連叢之一

*

A. V. 盧那察爾斯基作　易嘉譯

解放了的董吉訶德

解放了的董吉诃德

署 A.V. 卢那察尔斯基作，易嘉译

上海联华书局 1934 年 4 月初版，为"文艺连丛"之一，32 开本，平装。

该书为苏联作家、文艺理论家卢那察尔斯基创作的剧本，共 10 场，由易嘉（瞿秋白）据俄文翻译，鲁迅作《后记》，认为剧本"极明白的指出了吉诃德主义的缺点，甚至于毒害"。并认为瞿秋白的译本"注解详明，是一部极可信任的本子"，"中国又多一部好书，这是极可庆幸的"。

为了出版此书，鲁迅联系印厂，购买纸张，还翻译了原书的《作者传略》，并编入俄文本毕斯凯莱夫木刻插图 13 幅。1934 年 5 月 10 日，鲁迅在致台静农的信中提到这本书时说："此书系我自资付印，但托人买纸等，就被剥削了一通，纸墨恶劣，印得不成样子，真是可叹。"

豐收

葉紫 著

丰收

署叶紫著

奴隶社 1935 年 3 月初版，容光书局发行，32 开本，平装。

该书是叶紫的短篇小说集，收《丰收》《火》《电网外》《夜哨线》《杨七公公过年》《向导》等六篇，其中有五篇是以洞庭湖畔农民的苦难生活和反抗斗争为主题，《杨七公公过年》则描写了江北农民逃荒到上海的悲惨遭遇。鲁迅为之校订并在序中说："这里的六个短篇，都是太平世界的奇闻，而现在却是极平常的事情。因为极平常，所以和我们更密切，更有大关系。"

黄新波作木刻插图。

1935 年，鲁迅将萧红、萧军、叶紫三位青年作者的作品编为"奴隶丛书"，以"奴隶社"名义出版。此书为"奴隶丛书之一"。

打雜集

徐懋庸 著

上海生活書店發行

打杂集

署徐懋庸著

上海生活书店 1935 年 6 月初版，32 开本，平装。

该书是徐懋庸 1933 年至 1934 年间所作杂文的结集，共收 48 篇，这些杂文反映了当时的社会动态和文坛脉搏，表达了作者的独立见解。书后附录他人有关文章 6 篇。鲁迅在序中针对当时文坛上一些人攻击杂文的论调，认为"中国的这几年的杂文作者，他的作文，却没有一个想到'文学概论'的规定，或者希图文学史上的位置的，他以为非这样写不可，他就这样写，因为他只知道这样的写起来，于大家有益。""这些杂文的和现在切贴，而且生动，泼剌，有益，而且也能移人情。能移人情，对不起得很，就不免要搅乱你们的文苑，至少，是将不是东西之流的唾向杂文的许多唾沫，一脚就踏得无踪无影了，只剩下一张满是油汗兼雪花膏的嘴脸。"

八月的乡村

田军

八月的乡村

署田军著

上海容光书局 1935 年 8 月初版，32 开本，平装。

该书为田军（即萧军）的长篇小说，描写了东北一支抗日义军的战斗生活和悲剧结局。鲁迅在序中对该书给予了高度评价，认为是描写东三省被占题材小说中的"很好的一部，虽然有些近乎短篇的连续，结构和描写人物的手段，也不能比法捷耶夫的《毁灭》，然而严肃，紧张，作者的心血和失去的天空，土地，受难的人民，以至失去的茂草，高粱，蝈蝈，蚊子，搅成一团，鲜红的在读者眼前展开，显示着中国的一份和全部，现在和未来，死路与活路。凡有人心的读者，是看得完的，而且有所得的。"

该书纳入"奴隶丛书"之二。

生死场

署萧红著

上海容光书局 1935 年 12 月初版, 32 开本, 平装。

该书是萧红的第一部长篇小说, 共分 11 节, 描写"九一八事变"前后东北农民受地主剥削、反动政权压榨和日本帝国主义侵略的悲惨生活, 同时也反映了这些农民的逐渐觉醒和抗争。

该书在出版前, 鲁迅曾经审阅、修改和校对, 并帮助介绍出版。鲁迅在序中肯定了这本小说的思想意义和艺术成就, 认为"这自然还不过是略图, 叙事和写景, 胜于人物的描写, 然而北方人民的对于生的坚强, 对于死的挣扎, 却往往已经力透纸背; 女性作者的细致的观察和越轨的笔致, 又增加了不少明丽和新鲜。精神是健全的, 就是深恶文艺和功利有关的人, 如果看起来, 他不幸得很, 他也难免不能毫无所得。"

该书纳入"奴隶丛书之三"。

书的封面是萧红自己设计的。

现代作家书简

现代作家书简

署孔另境编

上海生活书店 1936 年 5 月初版，32 开本，平装。

该书是孔另境编辑的一部现代作家书信集，初题《当代文人尺牍钞》，出版时改为《现代作家书简》。该书收录了丁玲、王统照、王鲁彦、田汉、老舍、朱湘、朱自清、沈从文、茅盾、周作人、郁达夫、柳亚子、陈望道、郭沫若、叶圣陶、鲁迅、丰子恺等 58 位现代作家的书信 219 封。

应编者所请，鲁迅为之作序，其中提到："从作家的日记或尺牍上，往往能得到比看他的作品更其明晰的意见，也就是他自己的简洁的注释。"

书名由柳亚子题写，其中插入书简手迹数件。

海上述林（上下）

上海诸夏怀霜社 1936 年 5 月初版上卷，1936 年 10 月初版下卷，大 32 开本，精装。

该书为鲁迅编校的瞿秋白译文集。上卷"辨林"收入马克思、恩格斯、列宁、普列哈诺夫、拉法格、高尔基等有关文学的论文和苏联学者的研究文章；下卷"藻林"收入高尔基、别德讷衣、卢那察尔斯基、帕甫伦珂等人的诗歌、剧本、小说、散文。

这部大书，是鲁迅对从容就义的瞿秋白的纪念。他在和冯雪峰的谈话中说："我把他的作品出版，是一个纪念，也是一个抗议，一个示威！……人给杀掉了，作品是不能给杀掉的，也是杀不掉的！"

为了编校这部书，鲁迅强撑病体，设法筹集资金，亲自经办编辑、校对，购买纸张，联系印刷、装订、寄赠样书等，使《海上述林》臻于完善。

该书由鲁迅设计封面并题写书名，共印 500 部，其中 100 部为皮脊麻布面精装，400 部为蓝天鹅绒面精装。书脊及封底均烫金烙印"STR"（瞿秋白笔名史铁儿英文缩写）。

该书上卷出版后，鲁迅亲拟广告，称"本卷所收，都是文艺论文，作者既系大家，译者又是名手，信而且达，并世无两"。"此外论说，亦无一不佳，足以益人，足以传世。"遗憾的是，该书下卷印成时，鲁迅已经去世，没有看到全书的完成。

木刻创作法

白危 编·译 鲁迅 校阅

读书生活出版社出版

木刻创作法

署白危编译，鲁迅校阅

上海读书生活出版社 1937 年 1 月初版，32 开本，平装。

该书是白危（吴渤）编译的一本木刻知识与技法的教材，主要依据的是日本旭正秀《创作版画的作法》、小泉癸正男的《木版画雕法与刷法》，以及《世界美术史纲》《世界美术全集》中有关版画部分的内容。全书分为文字和插图两部分，文字包括概说、创作版画的意义、版画的种类、中国木刻史略、西洋木刻史略、木刻作法以及附录《介绍几种翻印的木刻画》。插图包括中国木刻 8 幅，外国木刻 32 幅。

此书编译完成后，白危将书稿寄请鲁迅审阅并介绍出版，鲁迅于 1933 年 11 月 9 日在序言中认为木刻"实在是正合于现代中国的一种艺术"。"但是至今没有一本讲说木刻的书，这才是第一本。虽然稍简略，却已经给了读者一个大意。由此发展下去，路是广大得很。题材会丰富起来的，技艺也会精炼起来的，采取新法，加以中国旧日之所长，还有开出一条新的路径来的希望。那时作者各将自己的本领和心得，贡献出来，中国的木刻界就会发生光焰。这书虽然因此要成为不过一粒星星之火，但也够有历史上的意义了。"与此同时，鲁迅还就文字的译法、插图的取舍提出了意见。

该书封面印有鲁迅 1936 年 10 月 8 日在第二次全国木刻流动展览会上和陈烟桥等四位青年木刻家座谈的照片。

頹退却

鲁迅 序　　葛琴 作

上海良友圖書公司印行

总退却

署鲁迅序，葛琴作

上海良友图书公司 1937 年 3 月初版，32 开本，平装。

该书是女作家葛琴的短篇小说集，收录《一天》《蓝牛》《总退却》《犯》《路》《罗警长》《枇杷》等 7 篇。其中《总退却》描写上海"一·二八"抗战中十九路军将士英勇抗敌，以获胜之师却被强令退却的经过，抨击了国民党当局的不抵抗政策。其余各篇多取材于工厂和农村。鲁迅在序中先是简述了"五四"运动前后中国小说从"英雄""才子"到写普通人的发展演变过程，认为"这一本集子就是这一时代的出产品，显示着分明的蜕变，人物并非英雄，风光也不旖旎，然而将中国的眼睛点出来了。"

鲁迅：风波　伤逝　丁玲：莎菲女
士的日记　水　茅盾：大泽乡　喜
剧　春蚕　适夷：盐场　死天寻讯
翼：二十一个　最后列一草　达
常事　葛琴：总退却　东平：鞋
员　丁休人：金宝塔银脚了　五
夫：迟桂花　叶圣陶　鲁迅
斗　张瓴：骚动　艾芜：咆哮的许
家屯　沙汀：老　茅盾选　五十
元　何谷天：雪地　欧阳山：水棚
里的清道夫　征农：禾场上　魏金
枝　服　涟清：我们在地狱　草
明：倾跌　巴金：将军　冰心：冬
儿姑娘　吴组缃：一千八百担

草鞋脚

署鲁迅、茅盾选编，蔡清富辑录

湖南人民出版社 1982 年 1 月初版，大 32 开本，平装。

该书是鲁迅、茅盾选编的一本现代中国短篇小说集。

1934 年，鲁迅、茅盾应美国友人伊罗生之约，选编了一本现代中国作家短篇小说集，名曰《草鞋脚》，鲁迅、茅盾分别作序，茅盾还为这本书编写了《中国左翼文艺定期刊编目》并由鲁迅修改，鲁迅特意补写了介绍《鹭华》月刊的文字。

该书收入鲁迅、茅盾、郁达夫、叶圣陶、巴金、丁玲、张天翼、冰心等 23 位作家的短篇小说 30 篇。鲁迅在《小引》中说："这一本书，便是十五年来的，'文学革命'以后的短篇小说的选集。因为在我们还算是新的尝试，自然不免幼稚，但恐怕也可以看见它恰如压在大石下面的植物一般，虽然并不繁荣，它却在曲曲折折地生长。"

遗憾的是，这本书并没有如期出版，直到 1974 年尼克松访华后在美国引起"中国热"的时候，美国麻省理工学院出版社才出版了由伊罗生重编的《草鞋脚》一书，但已非当年鲁迅、茅盾所编原貌，有鉴于此，蔡清富在鲁迅、茅盾开列篇目的基础上，又加入和茅盾通信中提到的几篇，完成了此书的编辑。

书后附录与《草鞋脚》相关的资料及蔡清富《辑录后记》。

书名为鲁迅手迹。

装帧设计：王诚龙

彙編之部

鲁迅自选集

鲁迅自选集

1933 年 3 月上海天马书店初版，32 开本，平装。

该书是鲁迅自《野草》《呐喊》《彷徨》《故事新编》《朝花夕拾》五本书中选出的一本创作集，包括小说、散文、散文诗 22 篇。

"自选集"是主持天马书店事务的韩振业、楼炜春策划的一套丛书，《鲁迅自选集》为第一本。

在该书《自序》中，鲁迅回顾了自己的创作和心路历程，最后谈到了编选这本书的感受："可以勉强称为创作的，在我至今只有这五种，本可以顷刻读了的，但出版者要我自选一本集。""没有法，就将材料，写法，都有些不同，可供读者参考的东西，取出二十二篇来，凑成了一本，但将给读者一种'重压之感'的作品，却特地竭力抽掉了。"

该书书名由鲁迅题写，封面由陈之佛设计，风格简洁大气，别具一格。陈之佛早年毕业于日本东京美术学校图案科，1924 年回国后从事装潢图案设计，颇有影响。

何凝編錄抖序

魯迅雜感選集

青光書局發行

鲁迅杂感选集

署何凝编录并序

上海青光书局 1933 年 7 月初版，25 开毛边本，平装。

该书是瞿秋白以何凝为笔名编录的一部鲁迅杂文选集，收入鲁迅 1918 年至 1932 年间所作杂文 74 篇，其中选自《热风》9 篇，《坟》9 篇，《华盖集》11 篇，《华盖集续编》11 篇，《而已集》13 篇，《三闲集》11 篇，《二心集》10 篇，并按时间先后排序。卷首为司徒乔 1928 年所作鲁迅像素描，之后为何凝所作长篇序言。序言概括了鲁迅的思想发展的艰苦历程和战斗传统，认为"鲁迅从进化论进到阶级论，从绅士阶级的逆子贰臣进到无产阶级和劳动群众的真正的友人，以至于战士，他是经历了辛亥革命以前直到现在的四分之一世纪的战斗，从痛苦的经验和深刻的观察之中，带着宝贵的革命传统到新的阵营里来的。"主张"我们应当向他学习，我们应当同着他前进。"

对于瞿秋白的评价，鲁迅非常满意，将瞿秋白视为平生知己，书写了清人何瓦琴所集《兰亭集序》联"人生得一知己足矣，斯世当以同怀视之"赠给瞿秋白。

鲁迅全集（1—20 卷）

署鲁迅先生纪念委员会编

鲁迅全集出版社 1938 年 6 月 15 日初版，32 开本，精装。

这是鲁迅的第一部全集，收录鲁迅大部分文学创作、学术研究、古籍整理及翻译成果，分为 20 卷。

将自己的著译作品汇为一编，集中出版，是鲁迅的一个遗愿。1936 年 2 月 10 日，鲁迅在致曹靖华的信中说："回忆《坟》的第一篇，是一九〇七年作，到今年足足三十年了，除翻译不算外，写作共有二百万字，颇想集成一部（约十本），印它几百部，以作记念，且于欲得原版的人，也有便当之处。不过此事经费浩大，大约不过空想而已。"为此，鲁迅还亲自拟订了两份目录，但由于病情逐渐加重，这一愿望没有实现。

1936 年 10 月 19 日鲁迅逝世后，编辑出版《鲁迅全集》的工作就成为鲁迅亲友最为重要的事情。许广平在蔡元培、许寿裳、胡适、马裕藻等的帮助下，组成了鲁迅全集编辑委员会，经过多方奔走，终于在 1938 年 6 月 15 日完成了《鲁迅全集》的编辑出版任务。由蔡元培作序，许广平作《编校后记》。

这部《鲁迅全集》曾多次再版，也成为各个版本《鲁迅全集》的"始祖"。

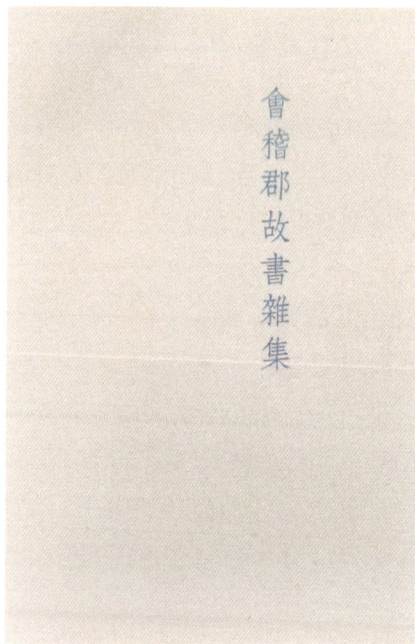

鲁迅三十年集

鲁迅全集出版社 1941 年 10 月初版，32 开本，平装。

这套书内容为"鲁迅先生从 1906 年起至 1936 年间的一切著述"，即 1938 年版《鲁迅全集》中的创作、论著、辑录和考证古籍部分，共 29 种 30 册。

鲁迅晚年曾对许广平说："只是著述方面，已有 250 余万言，拟将截止最近的辑成十大本，作一纪念，名曰《三十年集》。"这也正如许广平在《〈鲁迅三十年集〉印行经过》中所说："早在一九三六年，先生即有意自行编印此集，不幸既病且死，未及亲睹其成。年前几经计划促成，卒亦以种种障碍未得如愿，时事的推移越甚，国民的追求至理愈殷，远近一致的督促，使我们既感且愧。"因此，这部书也有实现鲁迅遗愿的意思。

全套书版式统一，各册封面与初版本基本一致，书脊上印书名，下印"鲁迅三十年集"及序号。

鲁迅书简

署许广平编

鲁迅全集出版社 1946 年 10 月 19 日初版，32 开本，精装。

该书收入鲁迅自 1923 年至 1936 年致 77 位亲友和文学青年书信 865 封，以收信人为单位，按第一封信的年代先后排序。凡是抄自原信，经校对后列为正编；凡是从其中出版物中抄录，未见原稿排印本，为避免与原信存在出入而无从订正者，即列为附编，共计 12 封。

鲁迅一生所作书信，约在 6000 封以上，是鲁迅著作的重要组成部分。这也正如杨霁云所说："先生的书简，实应与先生的杂文同等相看。尤其是在书简中，可以看出先生对青年的诚挚爱护（如告以不要赤膊作战，战斗要韧，用壕堑战等）和作事的周密细心……，这些都是在杂文中所看不到的。"

该书由杨霁云作跋，许广平作《编后记》，版式一如 1938 年版《鲁迅全集》，红色布面精装，书脊烫银字，书名系集鲁迅手迹。

鲁迅全集补遗

署唐弢编

上海出版公司 1946 年 10 月出版，为"文艺复兴丛书"第一辑，32 开本，分为精装、平装两种。

该书收录鲁迅 1912 年至 1934 年间杂文、序跋、通信、译诗等作品 35 篇，另有附录 15 篇，访问记 1 篇，为 1938 年版《鲁迅全集》出版之后的第一部鲁迅佚文集。此书是对鲁迅逝世十周年的一个纪念，正如唐弢在《编后记》中所说："'秋风起天木'，忽忽又到了鲁迅先生的忌辰，屈指一算，十年过去了。那末，在这十年祭的今日，这就算是我对先生的追思；并按先生遗志，也兼以献给在风沙中奔驰的'狮虎鹰隼'们！"该书的版式和装帧风格，与 1938 年版《鲁迅全集》近似。书后附《鲁迅先生笔名补遗》，景宋（许广平）作《读唐弢先生编〈全集补遗〉后》。

该书对于鲁迅佚文的搜集，可谓厥功至伟，但由于客观条件的限制，书中收录的一些篇目如《儿时》《百草书屋杂记》等伪托鲁迅的文字未能甄别。

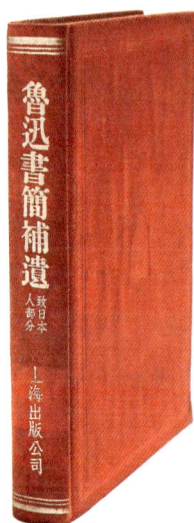

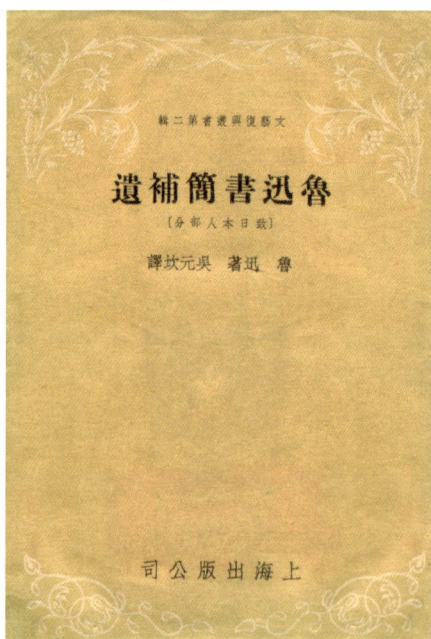

鲁迅书简补遗（致日本人部分）

署鲁迅著，吴元坎译

上海出版公司 1952 年 1 月初版，为"文艺复兴丛书第二辑"，32 开本，分为精装、平装两种。

该书收鲁迅致青木正儿、内山完造、内山嘉吉、鹿地亘、山本初枝、增田涉、高良富子等 7 位日本友人书信 88 封，以收信人为单位，并以致收信人时间先后为序，采取中日文对照形式编排，中文居前，日文居后。卷首有致高良富子书简、致增田涉书简中所附《中国小说史略·题记》和《答客诮》（赠坪井芳治）墨迹。卷末有吴元坎译后记，其中提到："这些信在日本发表时，可能有些地方已被日本人改过了，按理我应该在翻译以前，先做一番审定和考据工作，可是由于我平素对鲁迅先生缺乏研究，因此这一点没有能力做到。""在翻译这些信时，对原文的含义可能有许多领会错误的地方。"

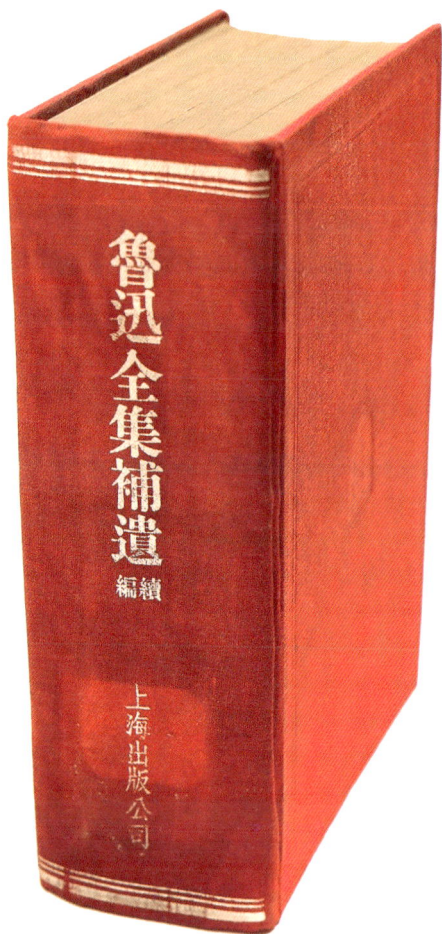

鲁迅全集补遗续编

署唐弢编

上海出版公司 1952 年 3 月出版，为"文艺复兴丛书"第二辑，32 开本，分为精装、平装两种。

该书是 1938 年《鲁迅全集》之后的第二部鲁迅佚文集，收入鲁迅 1918 年至 1936 年间的作品，分为四个部分。一是散稿，包括杂文、译文、论文、序跋、旧体诗、启事、通信等 104 则；二是鲁迅在日本留学期间和顾琅合作编撰的《中国矿产志》；三是鲁迅 1909 年在浙江两级师范学堂，任初级化学和优级生理学教员期间编写的生理学讲义即《人生象教》；四是鲁迅辑录的《小说备校》。最后是续编拾遗。

该书的版式、装帧一如《鲁迅全集补遗》，可以和 1938 年版《鲁迅全集》配套。

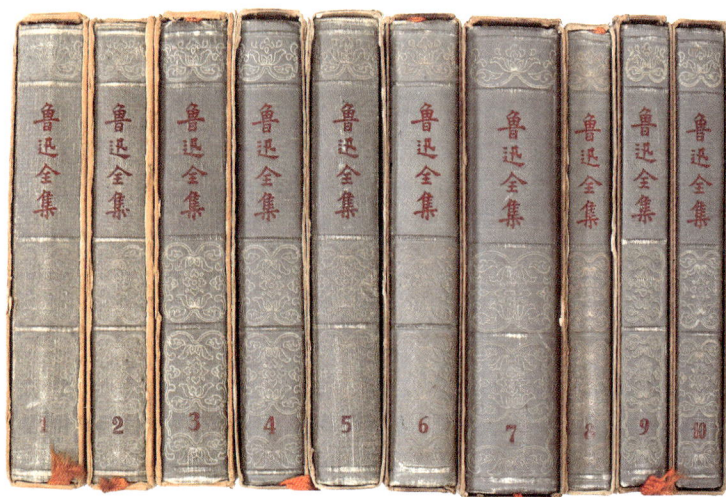

鲁迅全集（1—10卷）

人民文学出版社 1956—1958 年初版，大 32 开本，精装。

这是继 1938 年版之后的第二部《鲁迅全集》，也是第一部带有注释的《鲁迅全集》。专收鲁迅的创作、评论和文学史著作以及部分书信。

这部全集的编辑出版，与冯雪峰有着直接的关系。1950 年 11 月，经中央人民政府批准，在上海成立了"鲁迅著作编刊社"，冯雪峰兼任社长，主要任务是编辑出版鲁迅著作和鲁迅研究论著。1951 年，人民文学出版社成立，冯雪峰任社长兼总编辑，"鲁迅著作编刊社"随迁北京，组建"鲁迅著作编辑室"。在冯雪峰的亲自谋划下，孙用、林辰、杨霁云、王士菁等人筚路蓝缕、白手起家，开始了《鲁迅全集》的校勘、注释工作，具有开创性的意义。

按照当初的设想，该版《鲁迅全集》收录出版前所收集到的全部书信，但由于在出版过程中发生了"反右"运动，鲁迅书信的一些收信人成为反面人物；另外，书信中的一些内容对当时文艺界的领导也有不利之处，因此大部分书信被舍弃，仅保留 310 封。

这部《鲁迅全集》最大的看点就是注释，为普及、研究鲁迅著作提供了极大的方便。但是，由于时间紧张，工作量过大，收入第 8 卷的《中国小说史略》和《汉文学史纲要》没有注释，造成了全书的体例不一。

由鲁迅友人、书法家沈尹默题写书名。

鲁迅译文集（1—10卷）

人民文学出版社 1958 年 12 月初版，大 32 开本，精装。

这是鲁迅翻译外国作品的结集，大致相当于 1938 年版 20 卷本《鲁迅全集》的后 10 卷。但较后 10 卷更为齐全，除了原编入《二心集》《集外集》《集外集拾遗》中的译文之外，还增加了出版前搜集到的大多数译文。鲁迅所作有关他自己译文的文章及附记等，收集后作为《附录》，排在相关卷册之后。

尽管较 1938 年《鲁迅全集》后 10 卷齐全，但也存在有意刊落的部分，如《药用植物》。另外，对于译文中涉及托洛茨基的部分，编者对译文做了部分改动。

鲁迅书简

致曹靖华

鲁迅书简——致曹靖华

上海人民出版社 1976 年 7 月初版，大 32 开本，平装。

该书收录鲁迅 1930 年至 1936 年间致曹靖华书信 84 封，按时间先后为序排列。

书前有曹靖华 1965 年夏所作《无限沧桑怀遗简——代前言》，其中提到："据《鲁迅日记》载，共给我发了一百三十多封信。但实际写的信要超过此数，因为发了信而未记入《日记》的，确有其事。"文章回顾了鲁迅这些书信的散失及流转情况，特别提到"当年为避鹰犬耳目，信中往往使用只有彼此明白的暗语、简称及代用语等等。这些很不容易了然之处，在抄本的相应信末，都作了必要的注解。"

书名集自鲁迅手迹。

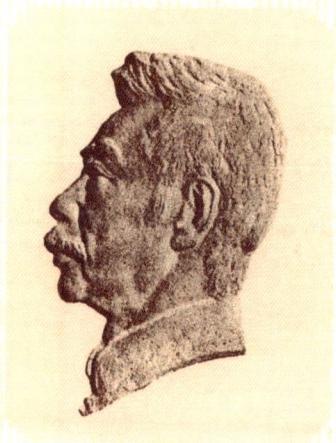

鲁迅全集

補遺三編

（增訂本）

鲁迅全集补遗三编（增订本）

署文叙编

香港天地图书有限公司 1978 年 7 月初版，1980 年 1 月增订再版，32 开本，平装。

该书参照唐弢编《鲁迅全集补遗》和《鲁迅全集补遗续编》体例，收录此两书出版后国内外新发现的鲁迅著译作品 93 篇，时间跨度为 1903 年至 1936 年，另有日文稿 4 篇、校改稿 3 篇、存疑稿 1 篇作为附录。1980 年增订本再版时，又增补新发现的著译文字，篇目增至 123 篇，卷末附增订说明。

该书封面仿 1973 年重印本《鲁迅全集》，上方居中印张松鹤所作鲁迅浮雕像，"鲁迅全集"用沈尹默题签。

鲁迅日文作品集

鲁迅日文作品集

署上海鲁迅纪念馆编

上海文艺出版社 1981 年 5 月初版，大 32 开本，精装。

该书收入鲁迅以日文发表的作品 10 篇，包括《看萧和"看萧的人们"记》《闻小林同志之死》《上海所感》《关于中国的两三件事》《在现代中国的孔夫子》《我要骗人》等，这些作品，大多是在 20 世纪 30 年代中期鲁迅应日本友人和报刊编辑要求而写，或发表于日本《改造月刊》《朝日新闻》《文艺》等，或印入有关单行本。书后附鲁迅谈诂 3 篇，分别为《关于猪八戒》《"面子"和"门钱"》《教育部拍卖问题的真相》。全书采取中日对照形式，日文居前，中文附后。

该书由宋庆龄题写书名，唐弢作序，认为"鲁迅用日文写的作品，也像他和日本朋友的漫谈一样，或尖锐深刻，或风趣幽默，一例亲切动人，具有浓厚的个人情调与风格。"

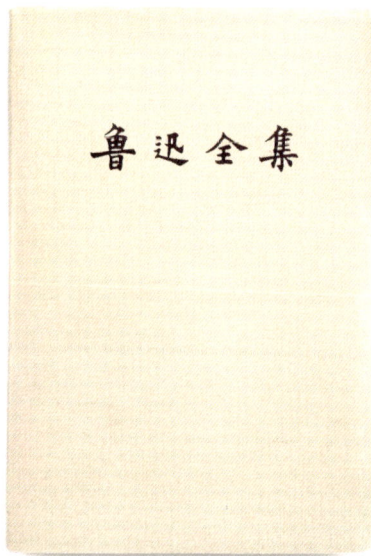

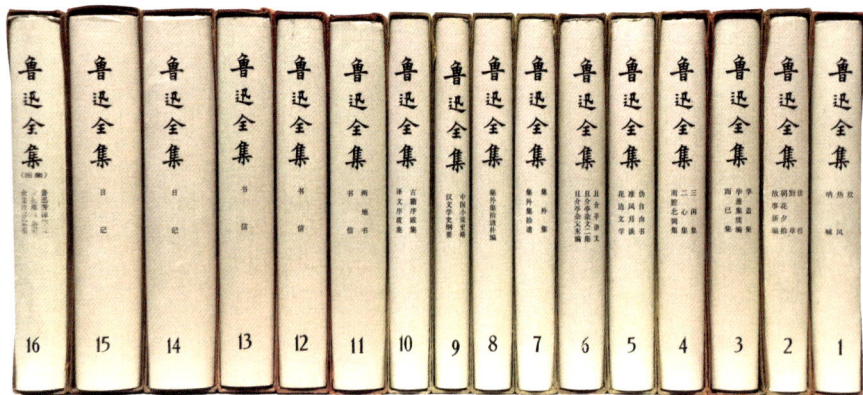

鲁迅全集（1—16 卷）

人民文学出版社 1981 年初版，大 32 开本，精装。

该版《鲁迅全集》的编辑、注释，是在 1958 年版 10 卷本的基础上进行的，内容方面增加的部分为《集外集拾遗补编》《古籍序跋集》《译文序跋集》、日记以及到出版前搜集到的全部书信，共 15 卷，另外增加附集作为第 16 卷，包括鲁迅著译年表、全集篇目索引和全集注释索引。

该版《鲁迅全集》对 1958 年版的注释进行了修订和增补，《中国小说史略》和《汉文学史纲要》均加了注释，对新收入的篇目、书信、日记也均加了注释。

与 1958 年版相比，该版《鲁迅全集》是比较好的一个版本，不仅增加了内容，而且修订了注释，尤其是涉及人物、事件部分，注释更为客观、平实。最值得称道的，是增收了全部日记和大量书信（较前者增收 1000 余封）。第 16 卷附集相当于阅读《鲁迅全集》的工具书，给研究者提供了极大的方便。

该版仍采用沈尹默的题签。

伊藤漱平 中岛利郎 编 杨国华 译 朱雯 校

LUXUN
ZENGTIANSHE
SHIDIDAWENJI

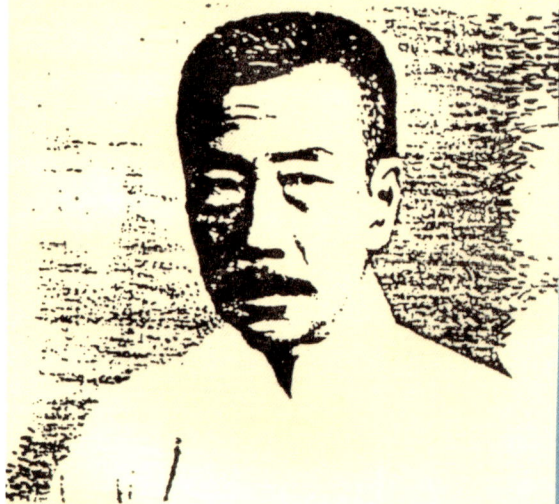

鲁
迅

增
田
涉

师
弟
答
问
集

华东师范大学出版社

鲁迅增田涉师弟答问集

署伊藤漱平、中岛利郎编，杨国华译，朱雯校

华东师范大学出版社 1989 年 7 月初版，大 32 开本，平装。

该书是鲁迅为增田涉翻译《中国小说史略》等书中所遇到疑问的应答通信，共 80 余件。质疑应答分为三部分，一是关于《中国小说史略》，二是关于《世界幽默全集》第 12 卷《支那篇》，三是关于《鲁迅选集》和《小品文的危机》。增田涉的质疑具体、琐碎，鲁迅的回答耐心、细致，有的还绘制图形以有助于增田涉的理解。该书 1986 年 3 月由日本汲古书院出版，精装一巨册，松枝茂夫在序中说："在这本书中有其他书籍所没有的东西。这些东西远远超过知识和学问，它比知识、学问更生动、更美丽、更珍贵。"

该书中译本由郭豫适作序，认为这部《答问集》"为人们研究鲁迅和增田涉，研究《中国小说史略》等著作增添了一份珍贵的学术资料，作为一份非常难得的文化史的珍贵文献，它还成了中日两国世代相传的美好的师生情谊和友好交往的见证。"

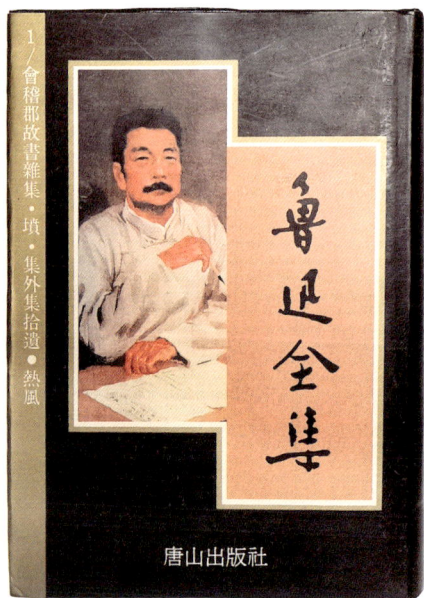

1/會稽郡故書雜集·墳·集外集拾遺·熱風

魯迅全集

唐山出版社

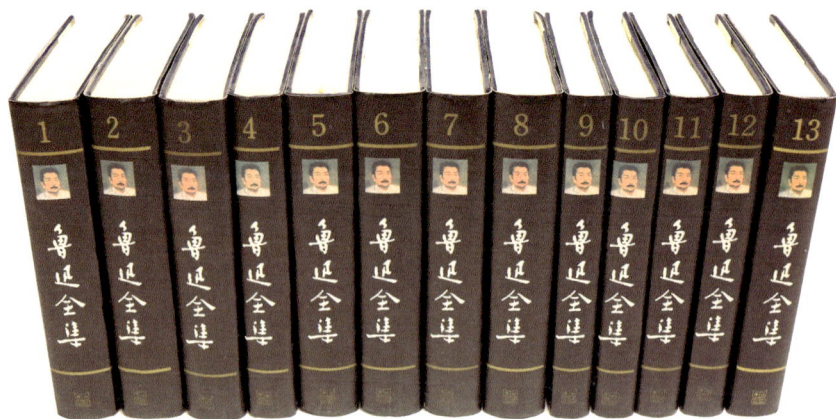

鲁迅全集（1—13卷）

台湾唐山出版社 1989 年 9 月初版，大 32 开本，精装。

该书以鲁迅全集出版社 1941 年版《鲁迅三十年集》为基础，增加《鲁迅三十年集·补遗》《书简》《日记》和《附集》。其中，第 1 至第 8 卷，以《鲁迅三十年集》次序排列并影印，同时增加《鲁迅三十年集补遗》；第 9 至 10 卷为《书简》，据鲁迅全集出版社 1946 年版《鲁迅书简》影印；第 11 至 12 卷为《日记》，据人民文学出版社 1959 年版《鲁迅日记》影印；第 13 卷为《附集》。

该书以林毓生、李欧梵为编辑顾问。

朱正 编

鲁迅书话

海南出版社

鲁迅书话

署朱正编

海南出版社 1998 年 11 月初版，大 32 开本，精装。

该书按类别分为七辑。第一辑为谈书和读书，第二辑为谈中国古书，第三辑为谈外国书，第四辑为谈同时代人的作品，第五辑谈自己辑校的古籍，第六辑谈自己译的书，第七辑谈自己著的书。各类篇目大体以写作先后排列。每一辑中的文章标题均为鲁迅文章标题，篇末注明原发表出处及收录情况。对于散见于鲁迅文章和书信中谈及书籍的零星意见，该书适当选录，附在相关文章之后。

封面设计：郭天民

鲁迅辑錄古籍叢編

第一卷

人民文學出版社

鲁迅辑录古籍丛编（1—4卷）

人民文学出版社 1999 年 7 月初版，大 32 开本，精装。

该书收录鲁迅辑录的 20 种古籍著作，全书分为 4 卷，第一卷为汉魏六朝小说，包括《古小说钩沉》和《小说备校》；第二卷为唐宋传奇及小说史料，包括《唐宋传奇集》和《小说旧闻钞》；第三卷为古史及古地志，包括谢承《后汉书》、谢沈《后汉书》、虞预《晋书》、《会稽郡故书杂集》、《范子计然》、《魏子》、《任子》、虞喜《志林》、张隐《文士传》、《众家文章记录》、《岭表录异》；第四卷为诗文及笔记，包括《嵇康集》《沈下贤文集》《云谷杂记》《说郛录要》，并附《百喻经校本》。

该编所收各书，凡收入 1938 年版《鲁迅全集》者，均以排印本为据；从未印行的著作则从鲁迅手稿录出，加以断句、标点，并按手稿和原引书籍进行校勘。

从这部书中，可以看到鲁迅在古籍整理方面的贡献。恰如人民文学出版社编辑部为该书所写的《出版说明》所言："鲁迅是伟大的作家、卓越的学者，他一生为我国新文学的建设和传统文化的整理作出了巨大的贡献。他对古典文史著作的搜集和整理，大抵是在辛亥革命前后数年之间，是他早期学术活动的一个重要方面。从这些著作中，可以看出鲁迅对整理我国古代文化遗产的重视和所取得的成绩；它们本身，也是有关中国文学和历史的重要典籍。"

设计封面：李吉庆

鲁迅诗集

横眉冷对千夫指

俯首甘为孺子牛

元度1961

鲁迅诗集

署鲁迅著

人民文学出版社 2001 年 9 月初版，大 32 开，平装。

该书收录鲁迅诗作 38 题 46 首，附录 12 题 19 首，是一部全面反映鲁迅诗歌创作成就和艺术风格的专集。

书中所收录的作品，均自人民文学出版社 1981 年版《鲁迅全集》辑出，并按时间顺序排列。同时，参照《鲁迅全集》体例，将辑自周作人日记中的鲁迅早期诗作作为附录一，另将自鲁迅杂文中录出的 5 首讽刺诗和白话打油诗《我的失恋》作为附录二。全书注释以《鲁迅全集》为基础，适当作了增补。各诗及注释后附有鲁迅诗稿手迹。

装帧设计：李吉庆

鲁迅

序跋集

上 卷

鲁迅序跋集（上下）

署刘运峰编

山东画报出版社 2004 年 6 月初版，国际 32 开本，平装。

书前为《关于〈鲁迅序跋集〉的编选鲁迅致王冶秋的信》（三封）。全书收录鲁迅序跋约 200 篇，按类别分为 6 辑，第一辑为创作序跋，第二辑为翻译序跋，第三辑为辑校古籍序跋，第四辑为他人作品序跋，第五辑为编校书刊序跋及广告，第六辑为藏书题跋和赠书题记。其中，第一辑的编排，以小说、散文、杂文、书信、学术著作、单篇作品为序，其余各辑基本以时间先后为序，同一部作品序跋，则集中排列。书中所收序跋的题目，编者吸纳了学术界的最新研究成果，有的做了必要的加工，有的恢复了原来的题目和本来面目。对于部分古籍序跋，则根据鲁迅手稿进行了校勘并重新加注了标点。

书后附录《本书未收录的鲁迅序跋存目》。

封面设计：蔡立国

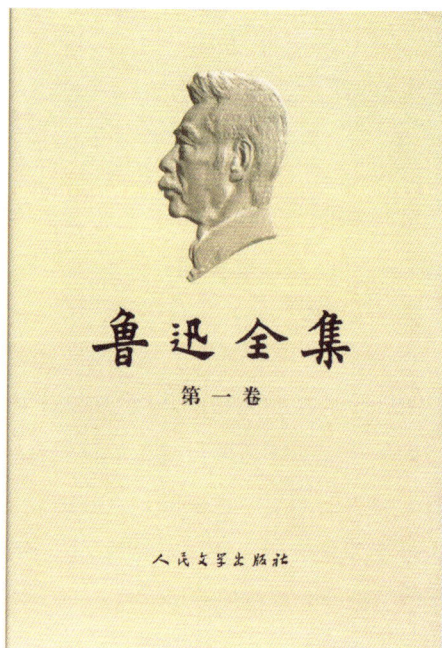

鲁迅全集（1—18 卷）

人民文学出版社 2005 年 11 月初版，国际 32 开本，精装。

该版《鲁迅全集》是对 1981 年版 16 卷本的修订，于 2001 年 6 月开始启动。本着"修订错讹，增补不足"的原则，补充新发现的鲁迅佚文、佚信，将收入《两地书》中的鲁迅致许广平原信按日期收入"书信卷"，将鲁迅《答增田涉信件集录》收入"书信卷"附录。同时，对原注释做了增补和修改，所收著作又据作者生前审定（或写定）的文本作了校核。此次修订，还删除了 1981 年版中的《致北方俄罗斯民族合唱团》和《生理实验术要略》。

该版仍采用沈尹默的题签。书名上方为张松鹤所作鲁迅浮雕像。

装帧设计：李吉庆

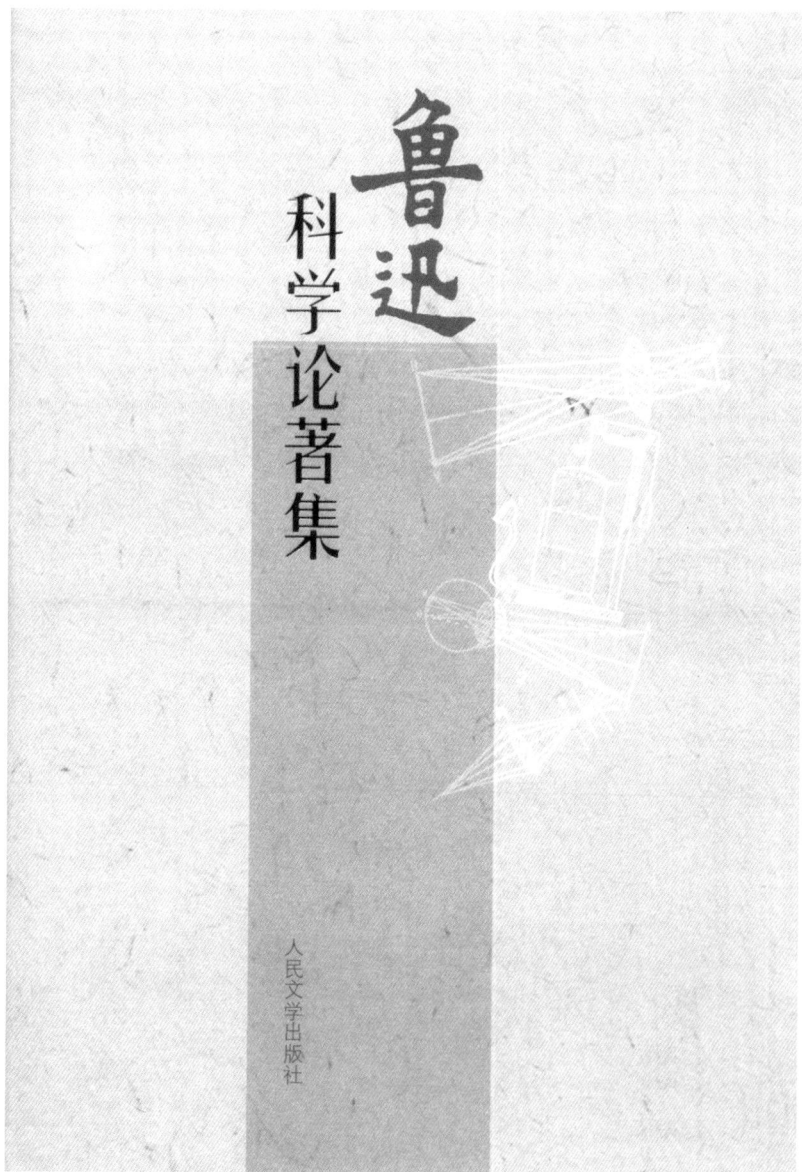

鲁迅

科学论著集

人民文学出版社

鲁迅科学论著集

署陈漱渝编

人民文学出版社 2014 年 1 月初版，大 32 开本，精装。

该书堪称人民文学出版社 2005 年版《鲁迅全集》的补充。所收内容为两部分，一是鲁迅在日本留学期间和顾琅编著的《中国矿产志》，二是鲁迅在浙江两级师范学堂任教期间编写的生理学讲义《人生象敩》。《中国矿产志》以光绪三十三年（1907 年）第三版为底本，参照 1906 年 5 月初版本以及唐弢《鲁迅全集补遗续编》和刘运峰《鲁迅全集补遗》中的整理本重新核校。附录《中国地相图》《地质时代一览表》《中国矿产一览表》，清政府农工商部、学部批文以及出版广告等。《人生象敩》以鲁迅 1909 年所编的油印本讲义为底本，参照唐弢《鲁迅全集补遗续编》和刘运峰《鲁迅全集补遗》中的整理本重新核校。书后附录《生理实验术要略》，该文本已收入人民文学出版社 1981 年版《鲁迅全集》，但在 2005 年版中被删除。

该书文字尽量保持历史原貌，必要处增加简要注释。

书前为陈漱渝所作前言，对鲁迅早期的科学活动以及两书的价值进行了论述。

装帧设计：赵迪

鲁迅讲演全集
1912-1936

迄今为止最完整的鲁迅讲演全集

鲁迅 · 著 傅国涌 · 编

名家编注 · 权威读本

珠海出版社

鲁迅的声音

鲁迅的声音：鲁迅讲演全集

署鲁迅著，傅国涌编

珠海出版社 2007 年 8 月初版，16 开本，平装。

该书收入鲁迅修改定稿和由他人记录未经鲁迅审定并同意发表的全部讲演，编者称为"迄今为止最完整的鲁迅讲演全集"。

全书按鲁迅讲演的内容分为文明与改革篇、知识与权力篇、文学与革命篇、学术与现实篇、读书与艺术篇，共 30 篇。书前有傅国涌所作《鲁迅先生的讲演》，书后附录《鲁迅讲演年表》《鲁迅谈自己的讲演》《关于鲁迅讲演的报道和回忆》以及编者所作《后记》。

鲁迅

小说散文初刊集

上海鲁迅纪念馆 编

鲁迅小说散文初刊集

署上海鲁迅纪念馆编，郑亚主编

上海书店出版社 2016 年 1 月版，大 16 开本，平装。

该书收入鲁迅小说《呐喊》《彷徨》《故事新编》和散文《野草》《朝花夕拾》五种作品的初刊本，对于未在收集前刊发而直接收入文集的作品如《〈呐喊〉自序》《伤逝》等，则以文集内发表为初刊。全书均为影印。

收入该书中的作品，由于初刊于报纸、杂志及文集，各篇版式差距较大，为便于编辑和读者阅读，编者在保证内容不缺漏、不错乱的前提下，对各篇的版式进行了重新编排。对于初刊篇目中的文字漫芜者，该书未作修正。

该书附录《鲁迅小说散文初刊篇目提要》，分别由上海鲁迅纪念馆施晓燕、乔丽华、顾音海、李浩、乐融撰写。

郦书径设计封面。

鲁迅全集补遗

（增订本）

刘运峰 编

天津出版传媒集团
天津人民出版社

鲁迅全集补遗（增订本）

署刘运峰编

天津人民出版社 2018 年 7 月初版，国际 32 开本，精装。

该书是编者在《鲁迅佚文全集》（群言出版社 2001 年 9 月版）和《鲁迅全集补遗》（天津人民出版社 2006 年 6 月版）的基础上增订而成。收录人民文学出版社 2005 年版《鲁迅全集》之外的鲁迅作品。全书包括《中国矿产志》《人生象教》《小说史大略》《集外文》《书信》《书籍广告》等部分。其中，《人生象教》"第九部分生殖"涉及的外文名称均附中文译名。后三部分均按年代为序。

该书将鲁迅亲笔所记的《家用账》为附录。

装帧设计：汤磊

手稿之部

鲁迅书简

署许广平编，上海三闲书屋 1937 年 6 月初版，16 开本，线装。

这是许广平编的第一部鲁迅书信集，收入鲁迅 1923 年 9 月至 1936 年 10 月致许寿裳、台静农、许钦文、郑振铎、黎烈文、曹靖华、姚克、内山完造、李桦、陈铁耕、金肇野、黄源等 54 位亲友书信 69 封，以时间为序，据手迹影印。

鲁迅去世之后，许广平即开始着手收集鲁迅的书信，曾在多家杂志刊出征集鲁迅书信启事，此后陆续收到了数百封。由于条件所限，只选择了其中内容较重要的一部分影印出版。

这部《鲁迅书简》虽然部头不大，但装帧设计朴素大方，具有传统线装书的格调，书名为集鲁迅墨迹。

该书的出版，在一定程度上说具有多方面的示范意义，人们不仅从中读到了更多的鲁迅书信，而且领略了鲁迅独特的书法风格，同时也给进一步收集鲁迅书信奠定了基础。

鲁迅诗稿

鲁迅诗稿

署上海鲁迅纪念馆编

文物出版社 1959 年 10 月初版，1989 年 1 月第四版，12 开本，线装。

该书是在上海市首任市长陈毅的倡议下编辑出版的。1956 年上海鲁迅纪念馆新馆建成后，陈毅在参观鲁迅生平陈列时，对展出的鲁迅诗稿颇为欣赏，对该馆工作人员说："你们应该将鲁迅的诗稿收集起来，编成诗稿出版。"为此，鲁迅纪念馆着手搜集诗稿，进行编辑，并请陈毅题写书名。1959 年 9 月 25 日陈毅在接到函请题字公文的当天，即题写了"鲁迅诗稿"四字，并署名钤印。1960 年 5 月 8 日，郭沫若为《鲁迅诗稿》作序，其中说："鲁迅先生无心作诗人，偶有所作，每臻绝唱。或则犀角烛怪，或则肝胆照人。如'横眉冷对千夫指，俯首甘为孺子牛'，虽寥寥十四字，对方生与垂死之力量，爱憎分明，将团结与斗争之精神，表现具足。此真可谓前无古人，后启来者。""苟常手抚简篇，有如面聆謦欬，春温秋肃，默化潜移，身心获益靡涯，文笔增华有望。"

该书第四版收录鲁迅诗稿 64 幅，附录鲁迅所书古人诗文作品 28 幅。书后为该书第一版至第四版后记。

鲁迅致增田涉书信选

鲁迅致增田涉书信选

署文物出版社编

文物出版社 1975 年 1 月初版，分为 12 开本线装本和 16 开本平装本两种。

该书收入鲁迅致日本友人增田涉书信手稿 59 封，《〈中国小说史略〉题记》和一些章节的手稿。后附林林翻译的中文及简要注释。

鲁迅致增田涉信，一直由增田涉珍藏。1973 年，在日中文化交流协会理事长中岛健藏的协助下，增田涉将书信的全部照片、一部分彩色照片底片以及有关资料，赠送给我国有关部门。

正如该书的出版《说明》所言，从这些书信里，"我们还可以看到鲁迅在对待国际文化交流和中日人民友好事业的诚挚和严肃态度。鲁迅对日本友人，热诚亲切。……对增田涉提出的各种疑问，总是十分清晰和缜密地解答，一人一事的来历，一词一句的涵义，都详加注释。"

鲁迅

「阿Q正传」日译本注释手稿

鲁迅《阿 Q 正传》日译本注释手稿

署文物出版社编

文物出版社 1975 年 12 月初版，16 开本，平装。

1931 年 2 月 27 日，日本作家、记者山上正义（中文名林守仁）将《阿 Q 正传》的日译稿寄给鲁迅征求意见，鲁迅抽出时间对译稿仔细审读，写了 85 条注释，于 3 月 3 日寄给山上正义，并在信中说："译文已拜读。我以为译错之处，或可供参考之处，大体上均已记于另纸，并分别标出号码，今随译文一并寄上。"在信中，鲁迅还婉拒了为译文作序的邀请，并希望译者作序并在序文说明："这个短篇系一九二一年十二月写的，是为一家报纸的'开心话'栏写的，其后出乎意料地被推为代表作而译成各国语言，而作者在本国因此而大受少爷派、阿 Q 派的憎恶，等等。"

山上正义于 1938 年去世，鲁迅的书信和注释稿一直由山上正义夫人珍藏。1975 年，鲁迅友人增田涉通过日中文化交流协会，将复制本赠给中国。

该书收入鲁迅致山上正义信和《阿 Q 正传》注释手迹，李芒的中文译文，后附《阿 Q 正传》全文。

鲁迅手稿全集

署《鲁迅手稿全集》编辑委员会编

文物出版社 1978 年至 1986 年初版，12 开本，线装。

按照当时的设想，该书收入鲁迅的全部手稿，分为文稿、书信、日记、辑录、译文五个部分，但实际上仅出版了文稿、书信、日记三个部分，各两函，文稿部分印量极少。书信、日记部分同时出版了 16 开平装本。

文稿部分约 200 余篇，其中《朝花夕拾》《故事新编》《两地书》及后期杂文较为完整，编排以鲁迅生前自己编定的文集为序，未收入文集的篇目作为补编附在末尾。

书信部分收入 1388 封，编排以写信日期先后为序，未署名日期或日期疑误的，则根据邮戳或鲁迅日记，并据有关史料考证和校订。末尾附收信人姓名和日期索引。

日记部分收入 1912 年 5 月 5 日起至 1936 年 10 月 18 日病逝前一天的日记。原为 25 册，其中第 11 册即 1922 年的日记，1941 年毁于侵华日军之手。对于这一年的日记，许寿裳在编《鲁迅先生年谱》时曾做过摘录，该书将其作为附录。

该部手稿全部采用四色彩印，鲁迅手稿中所用纸张的颜色、边框、图案一仍其旧。

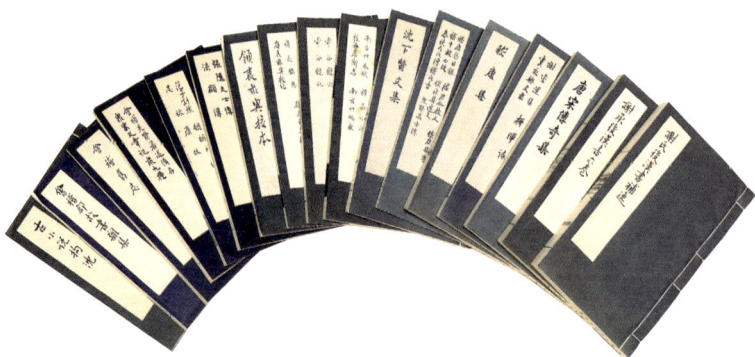

鲁迅辑校古籍手稿

署北京鲁迅博物馆、上海鲁迅纪念馆编

上海古籍出版社 1986 年 6 月至 1993 年 3 月初版，16 开本，线装。

该书是在方行、唐弢等学者的积极倡导下，作为全国政协六届二次会议第 434 号提案，由文化部文化局具体落实的四大项目之一。全书分为 6 函，第一函收入鲁迅辑校的《谢承后汉书六卷》《谢沈后汉书》《虞预晋书一卷》等手稿，分订为 6 册；第二函收入鲁迅辑校的《会稽郡故书杂集》《会稽先贤著述辑存》《范子计然》《法显传》等手稿，分订为 6 册；第三函收入鲁迅辑校的《古小说钩沉》《小说备校》《穆天子传》等手稿，分订为 13 册；第四函收入鲁迅辑校的《唐宋传奇集》《游仙窟》《明以来小说年表》等，分订为 5 册；第五函收入鲁迅辑校的《嵇康集》《沈下贤文集》《虞永兴文录》等手稿，分订为 10 册；第六函收入鲁迅辑校的《岭表录异》《云谷杂记》《南方草木状》等手稿，分订为 9 册。

启功题写书名。

鲁迅辑校石刻手稿

署北京鲁迅博物馆、上海鲁迅纪念馆编

上海书画出版社 1987 年 7 月初版，16 开本，线装。

该书的出版背景同《鲁迅辑校古籍手稿》。全书分为 3 函，第一函为碑铭，收录汉、魏、吴、蜀、晋、前秦、宋、梁、北魏、东魏、北齐、高昌、北周、隋、唐及年代佚失的碑刻文字，分订为 7 册；第二函为造像，收录后秦、宋、齐、梁、北魏、东魏、西魏、北齐、北周、隋、唐、后周及年代佚失的造像记文字，分订为 6 册；第三函为墓志，收录晋、后秦、宋、齐、北魏、东魏、北齐、北周、隋、郑等时期的墓志铭文字，分订为 4 册，另有校文 1 册。

启功题写书名。

两地书真迹

署鲁迅、许广平著

上海古籍出版社 1996 年 1 月版，16 开本，盒装。

鲁迅与许广平的通信，始于 1925 年 3 月 11 日许广平以"受教的一个小学生许广平"投书鲁迅请益，终于 1932 年 11 月 26 日鲁迅以"哥"的署名致信许广平告知即将离京返沪，七年间共存信 161 封。

1932 年下半年，鲁迅将两人的书信进行增删修改，编为《两地书》，由上海青光书局出版。鲁迅在《序言》中说："我们以这一本书为自己记念，并以感谢好意的朋友，并且留赠我们的孩子，给将来知道我们所经历的真相，其实大致是如此的。"随后，鲁迅又将编入《两地书》中的书信工楷抄录一份，留赠爱子周海婴。

该书包括"原信"和"手稿"两部分，各为一册。原信即鲁迅、许广平通信的原稿，手稿即鲁迅抄录的《两地书》。

书前有上海古籍出版社的《出版说明》，随后是周海婴写于 1995 年夏至的《献给读者的几句话》，其中说到："母亲多次嘱咐我，她和父亲的全部文字，包括《两地书》的原信，都可以发表。如果发表，不必作任何修改。""现在谨将父亲手书《两地书》及其原信影印出版，献给喜欢或不喜欢，研究和不研究我父母双亲的读者。请看，他们所经历的社会和生活真相，是怎样的。"

鲁迅致黄源书信手迹

浙江人民出版社

鲁迅致黄源书信手迹

署黄源编

浙江人民出版社 2001 年 10 月初版，大 16 开本，精装。

书前有黄源 2000 年 11 月 28 日所书献词："谨以本书献给鲁迅先生诞辰 120 年纪念。黄源　时年九十五"。

该书收入鲁迅 1934 年至 1936 年间致黄源书信 38 封。全书分为鲁迅致黄源书信手迹和附录两个部分，手迹部分全彩印刷，附录为黄源所作《鲁迅书简追忆》，按照次序对鲁迅的每一封信作了解读。

书后为黄源写于 1979 年 2 月 18 日的后记。

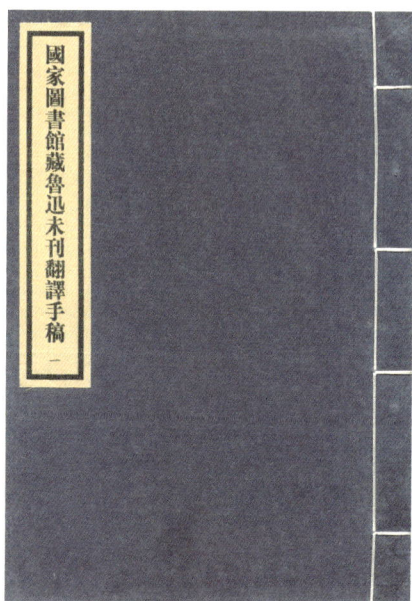

国家图书馆藏鲁迅未刊翻译手稿

署国家图书馆编，陈红彦主编

国家图书馆出版社 2014 年 8 月初版，16 开本，线装。

该书收入中国国家图书馆所藏未曾刊印的鲁迅翻译手稿近 800 页，包括《死魂灵》《山民牧唱》《小约翰》《苏俄的文艺论战》《以生命写成的文章》等，分为六册。少量为译文的铅印清样，另外还将非译文的《记"发薪"》手稿作为附录。

鲁迅《毁灭》翻译手稿影印本

上海鲁迅纪念馆 编

世界图书出版公司

鲁迅《毁灭》翻译手稿影印本

署上海鲁迅纪念馆编

上海世界图书出版公司 2014 年 9 月初版，大 16 开本，平装。

该书是鲁迅为出版《毁灭》单行本的誊清稿。乃据日本藏原惟人日译本所译，系许广平捐赠，现藏上海鲁迅纪念馆，为国家一级文物。从原稿上所遗留的墨色油污手印及排字长签注等信息推测，此稿当为大江书铺的发排稿。

该手稿尺寸为 27.2 厘米 ×19.7 厘米，共 359 页，内容包括扉页、作者自传、藏原惟人的《关于〈毁灭〉》、弗理契的序文、《毁灭》正文和鲁迅所作《后记》。其中序文部分缺 IV、XVI 两页，正文部分缺第 1 页和第 2 页。

书后为李浩所写《关于鲁迅翻译手稿〈毁灭〉》，封面设计李荣。

该书为国家社科基金重大招标项目"《鲁迅手稿全集》文献整理与研究"B 组阶段性成果。

黄乔生 编著

鲁迅致郑振铎信札（一）

文物出版社

鲁迅致郑振铎信札（一）（二）

署黄乔生编著

文物出版社 2019 年 6 月初版，16 开本，线装。

该书收录鲁迅 1933 年 2 月 5 日至 1936 年 9 月 29 日致郑振铎书信 56 封，内容大多与编印《北平笺谱》《十竹斋笺谱》有关。书前有黄乔生所作《前言》。除书信手迹外，附以原信信封和释文。附录一为郑振铎致鲁迅书信 3 封，附录二为周建人致郑振铎信 1 封，附录三为北平纸店井给郑振铎的收据。

全书为宣纸彩印。

后 记

这本书,是对《鲁迅书衣百影》的扩充和增订。

2006 年 12 月,我编写了《鲁迅书衣百影》,于 2007 年 2 月由人民文学出版社出版。由于时间仓促,缺乏经验,在付印前未能通读清样,留下了一些遗憾。

此外,由于篇幅的限制,所收录的版本截至新中国成立之前,这就使得一些重要的书影只得放弃,在很大程度上也造成了一种割裂,如唐弢的《鲁迅全集补遗》初版于 1946 年,而更具分量的《鲁迅全集补遗续编》由于初版于 1952 年,就只好割爱了;鲁迅翻译的《山民牧唱》是一部重要的作品,而且在鲁迅生前已经列入"文艺连丛"之一,并刊出了将"不日出书"的广告,但直到 1953 年才由人民文学出版社初版了单行本。依照编辑体例,这本书也没有收录进来。

因此,我就盼望着能有一个机会,将原来的错误改正过来,将一些重要的书影收录进去。

机会终于来了。

2020 年 12 月 1 日,我到厦门参加"海峡两岸出版交流季暨第三届两岸出版与人文智库论坛",结识了九州出版社第四分社的李黎明分社长。他对书的热爱,对鲁迅的热爱使我们一见如故。几天的会议间隙,我们的话题都离不开书和鲁迅。这本《鲁迅书衣录》的选题也就顺理成章、一拍即合了。

于是，我在《鲁迅书衣百影》的基础上，增加篇目，补充文字，搜集书影，算是完成了一份作业，也了却了一桩心愿。

这本书采取先分类再编年的方式编排，各类书影以出版时间先后为序。

擅长摄影的韦承金兄帮我拍摄了一部分书影，李黎明兄也帮我拍摄和搜集了一部分，在此一并致谢。

谨以这本小书，作为对鲁迅先生诞辰 140 周年、逝世 85 周年的纪念。

刘运峰

2021 年 8 月 17 日，津河之畔